狼踪

韩东 著

江苏凤凰文艺出版社

图书在版编目（CIP）数据

狼踪 / 韩东著. — 南京：江苏凤凰文艺出版社，2023.5（2023.12重印）

ISBN 978-7-5594-4353-3

Ⅰ.①狼… Ⅱ.①韩… Ⅲ.①中篇小说 - 小说集 - 中国 - 当代②短篇小说 - 小说集 - 中国 - 当代 Ⅳ.① I247.7

中国版本图书馆CIP数据核字（2022）第187666号

狼踪

韩东 著

出 版 人	张在健
策划编辑	于奎潮
责任编辑	李 黎 孙楚楚
封面摄影	毛 焰
书名题字	毛 焰
装帧设计	周伟伟
责任印制	刘 巍
出版发行	江苏凤凰文艺出版社
	南京市中央路165号，邮编：210009
网 址	http://www.jswenyi.com
印 刷	苏州市越洋印刷有限公司
开 本	889毫米×1194毫米 1/32
印 张	8.75
字 数	150千字
版 次	2023年5月第1版
印 次	2023年12月第2次印刷
书 号	ISBN 978-7-5594-4353-3
定 价	58.00元

江苏凤凰文艺版图书凡印刷、装订错误，可向出版社调换，联系电话 025 - 83280257

目录

对门的夫妻
001

狼踪
021

大卖
049

晚餐
071

临窗一杯酒
089

素素和李芸
159

女儿可乐
209

秦岭
251

对门的夫妻

这是一栋几十年前的老楼,我属于该楼的第一批住户。当年楼新我也新,二十四岁,我的邻居,对门的小曾也就二十六七岁。大概因为分了新房子,小曾不久就结婚了,对面的门上贴着红底金字的"囍"字,一对璧人经常在楼梯上上下。互相挽着手臂,很甜蜜恩爱的样子。顺便说一句,我和小曾都住顶层七楼,没有电梯。

每次碰见,年轻的夫妇都会和我打招呼。

"吃饭啦?"

"还没吃。你们去买菜呀?"

"嗯,去看看,顺手在楼下剁个鸭子。"

小曾高大英俊,戴一副金属边眼镜,非常斯文。他夫人则长发披肩,表现得小鸟依人。目睹他俩下楼的背影,我不免有些羡慕,当然也只是羡慕而已。

这是白天的情况。到了晚上关上门，两口子就变得不是人了，声嘶力竭地大吵，乒乒乓乓地砸东西。楼内的邻居纷纷走出自己家的门，站在楼道里竖起耳朵来听。大家根据碎裂的音质不同判断说："噢，这是一个碗……这是盘子……花瓶……这是电视机！"后来一声巨响，实在无从判断，也无须判断，因为有一束光从小曾家的门上泻出，打在楼道内的墙壁上。原来小曾把自己家的门给打破了。当年还不流行钢制防盗门，几乎所有人家的门都是纤维板的，小曾的这一拳在自己家的门上砸出了一个大洞，幸亏没落在"小鸟依人"头上。

事后，小曾并没有修补门上的破洞，他的处理方式是在门背后挂了一册女电影明星的挂历。小曾或他夫人按月翻面，奇葩的是挂历的彩页是对着破洞的。也就是说在小曾家里只能看见月历背面的白纸。我们就不同了，通过那洞欣赏了女明星们不同的局部，这个月是半张脸，下个月是胸部，再下个月是一条光裸的大腿，赤脚站在沙滩上……有时候两口子从外面归来，开门以前也会稍息片刻，端详一番。他俩为何要如此别扭呢，看自己家的挂历还得站在门外？我想是在向邻居们表示歉意希望有福同享吧。这样的挂历当年相当紧俏。

小曾那一拳的部位正好和红双喜重叠,门上的"囍"字因此被破洞里的美人替代了。这是一个不祥之兆,果然小曾离婚了。楼道里的夜晚安静下来。大白天,再在楼梯上碰见小曾,他也不和我打招呼了,头一低就靠墙挤了过去。小曾似乎连个子都矮了半截。那会儿也没有财产分割这回事,大家都很穷,靠工资吃饭,房子是小曾单位分的。小曾的前妻虽然脾气火爆,可一旦离了也就一声不响地卷铺盖搬走了。

小曾的第二任夫人是一个北方女人,身材修长,几乎和小曾一样高;在楼梯上碰见,你才知道什么叫作般配。两口子又和我打招呼了。

"吃了吗?"

"还没有,你们呢?"

"我们也没吃,去胡同口转转。"

后一句话是北方女人说的,她把巷子叫作胡同。北方女人不仅长得"大",也很大方。两个人互相挽着手,我上楼他们下楼,由于仰视效果,就像两个门神立在我的上方。北方女人走下一级台阶,和小曾同时侧身让我过去。自始至终他俩保持着并肩作战的姿势。

之后是装修。可以说对门的装修开创了一个装修时代，从那以后楼内住户的装修才逐渐蔚然成风的。小曾家装修是因为离婚又结婚，总得有一些新气象，还因为他们家的那扇破门，去年的挂历也翻到头了。实际上他们也主要是加装了一道防盗门，带钢棂子的那种，从外面能看见里面，看见里面门上的破洞。那破洞自然进行了修补，换了一块纤维板。此外大概也就粉刷了一下内墙。即便如此仍然闹腾得不轻。就在大家难以忍受的时候，小曾家装完了。而一旦装完，平静马上降临，小曾和北方女人从来没有吵过架。邻居们都说，小曾这回找对人了，家和万事兴嘛。

南下潮开始，周边有不少年轻人辞职去了特区；小曾在单位里也是领潮流之先的，突然之间就从楼内消失了。北方女人仍能碰见，我一如既往地和她打招呼。对方就像小曾落单时一样，头一低从我身边挤过去，脸上当然是含着笑意的。她只是笑笑，并不开口说话。也难怪，孤男寡女的的确需要避嫌。我很惊讶这女人的传统，转念一想，这可不就是她一贯的德行吗？大约到了年关，小曾回来过节，小夫妻俩再次在楼道里出现，我和小曾打招呼，北方女人也热情插话。

"回来过年呀？"

"嗯嗯,年后还要走。"

"南边怎么样?"

"值得去闯闯,趁现在还年轻……"

"我支持他!"

后一句话是北方女人说的。小别胜新婚,他们仍然如此和谐,配合得更加默契。

大概有三四年,都是这样的情形,小曾平均一年能回来一两次。小曾不在的时候,北方女人深居简出,偶尔在楼梯上碰见也不和我打招呼。小曾回来就不同了,北方女人容光焕发,抢着和我说话。这就形成了某种条件反射,单独看见北方女人时我只是笑笑。我笑笑,她也笑笑,就这么一笑而过,也算是一种礼貌。虽说是礼貌,但不免有一点尴尬,你说这门对门地住着……所以说,我还是很愿意小曾回来的,回来的次数多一些,住得时间长一点,否则邻里之间就生分了。

果然,小曾又回来了。这次和以往不同,小曾西装革履,梳着大背头,腋下夹一个黑色公文包,只是脸上的金属边眼镜没有换。北方女人也装束全变,就像是小曾从南边带回来的,而不太像是对门的女人,但她的确又是对门的女人。在楼梯上碰见这对"新人",他们主动和我打招呼。

"出门谈事啊?"

"啊?噢……这回得多住几天吧?"

"这次我老公就不走啦!"

北方女人说的是"我老公",而不是说"我爱人",或者"我们这口子",完全不是北方人的说法,甚至也不是此地的说法。我多少有点不适应。

"不走了?"

"好说,好说。""老公"说,"我准备在本市注册一个公司,把业务转移过来。"

他挥了挥手上拿着的大哥大,就拽着"老婆"下楼去了。

小曾的确发了财,有车为证,他是开着一辆小面包回来的。一次,小面包行驶在下面的"胡同"里,车速缓慢,驾驶座一侧的车窗摇了下来,小曾探出半个身子,不停地向后看。他担心后轮轧着扁担箩筐。我们楼下的巷子是一个传统的菜市场,从来没有车辆经过;也是因为小曾刚开车不久,对自己的车技没有把握吧。如此一来,所有的人都知道小曾有车了。他是本市最早拥有私家车的人,至少也是之一。

接下来又是装修。小曾告诉我,他在装修公司门面房,装修家里只是顺便。这回的动静很大,足足装了一两个月，又是砸墙，又是打电钻。我因为就住对面，深受其害，但也不好说什么。当时还没有扰民这一说，在自己家里折腾那还不是天经地义的？何况每次在楼道里碰见，小曾夫妇都会和我热情打招呼。装修完毕，两口子力邀我去他们家参观，我的天哪，怎么说呢，他们家装得就像宫殿一样。后来我长了点见识，知道那并不像宫殿：进门就是一道墙，小曾说是照壁，上面用彩绘瓷砖拼贴的大概是安格尔的《泉》，性感得无法直视……厨房也明晃晃的，原来也贴满瓷砖，只不过是白色的。这分明是洗浴中心的风格。后来这样的洗浴中心在本市流行起来，我才见惯不怪有了正确的认识。

小曾家的门自然也换了，带钢棂的防盗门换成了全密封钢板的，里面的纤维板门被一劳永逸地拆掉了。一切安排妥当，只等小曾的公司开张（据说在等一个带八的吉日），趁有几天空闲小曾去了一趟医院，计划把阑尾拿掉，也是个轻装上阵的意思。没想到小曾麻药过敏，上了手术台就再没有下来。

楼道里突然一片安静。这种静不是小曾家装修结束造成的静，比那严重多了。我们都没有听到过北方女人的哭声，她真是一个安静的女人啊。再次在楼梯上碰见，对方恪守一个人不和我打招呼的默契，当然也没有了笑容。她不仅不笑，也不朝我看，整个人就像不存在一样，那么大个子的女人从我身边悄无声息地过去了，有如一阵阴风。她穿一身黑，半边脸被深色围巾裹住，就像一团黑气；飘过去后我站在楼梯口上，会愣上半天。

大概一年以后，对门又开始装修。来了一个男的监工，一开始我认为是北方女人的亲戚，但他吆喝工人时是纯粹的本地口音。一次在楼道里碰见，男人主动介绍说他姓陈，"多有打搅，以后我们就是邻居了"。我恍然大悟，这应该是北方女人的对象，也许已经领过证了。但老陈和北方女人从来没有同时出现过，要么是北方女人来拿什么东西，要么老陈来给工人开门。装修期间他们都不住对门（也没法住）。直到工程结束，这对新人才双双登场，就像准备好了舞台。

装修是大装，声势不亚于一年以前。一包包的水泥扛进去，一袋一袋的建筑垃圾运出来，码放在七楼楼道里，几乎导致我无法出行。砸墙、钻孔、撬瓷砖、磨地板，电钻、电刨轰鸣……小曾的审美被彻底否定。装好以后我没有进去看过，但在那扇再次被换掉的防盗门的开关之际，我有机会一睹房间深处，小曾的照壁已经不复存在。一瞥之下老陈和北方女人的"新房"岁月静好，其整洁、敞亮就像是高档宾馆的客房。开始新生活需要除旧布新，我完全理解，只是觉得太浪费了。

又在楼梯上碰见对门的夫妻了，老陈不说了，我们已经打过招呼。北方女人竟然也开始和我说话。自然除去了一身黑，穿着和老陈相当搭配——老陈在机关上班，着装比较保守，北方女人于是以素净为主。只是身高有点问题。我注意到北方女人不再穿高跟鞋，换上了平跟的，这样两人就差不多高了。老陈无法从上面揽着对方的肩膀，那就互相挽着胳膊，依然十分地恩爱。

"上班去啊？"

"嗯嗯，你们这是？"

"我们也要上班，这不早上的空气好，去公园里溜达了一圈。"

后面一个长句子是北方女人说的。她仍然遵循着和我之间的默契，一个人的时候不开口，如果是两个人必定和我说话，身边是小曾还是老陈并不是一个问题。反正都是她丈夫，他们都是一对人。偶尔北方女人也会落单，独自出现在楼梯上，她就笑笑向我致意，我也笑笑，就像当年一样。

岁月在这栋大楼里流过去，对门再也没有装修过（对门一共装修过三次，都集中在这楼刚建起的五年内）。我是一次都没有装过，直到搬出这栋楼。但这会儿装修的风气已势不可挡，楼里一年四季都充斥着轰鸣声，张家装完李家装，李家装完王家装，有时是几家同时装。整栋大楼就像一个建筑工地。我们唯一的希望，就是装修的楼层离得远一点。我说"我们"包含了我和对门，都住在七楼，"我们"成了名副其实的无辜者。有一天我也动了装修的念头，不是因为要结婚了，只是想报复一把。我在想，我要么不装，要装就大装特装，至少施工半年，砸掉所有的内墙，即使是承重墙也在所不惜（反正是顶层，承不承重也无所谓）。装修是我的权利，如果不用可不就便宜了那些三番五次装修的邻居们了？

一般而言，装修有三种原因：准备结婚、发财了（改善一下生活质量），或者搬迁（房子被卖给了新的住户）。后两种情况我都不沾边，那就只有考虑结婚了。但一个人总不能因为报复所以装修，更不能需要装修而草率结婚吧？所以我也只是想了一想而已。对对门来说，则因为装修的"指标"用完了，除非他们再离婚、再结婚，可老陈和北方女人的婚姻极其稳定，看不出要离婚、再婚的任何迹象，于是我们就成了同病相怜的人。偶尔碰见，没话找话时也曾议论过装修的事。

"什么时候是个头啊。"

"谁知道。至少也得按规定吧，这大过年的！"

"投诉也没用，应该去报警。"

"报警也没用，不是没报过……哎，老江，你怎么不结婚呢？"

后一句话是北方女人说的。我们还没有熟悉到可以打探对方隐私的程度，但在此语境下北方女人完全不是那个意思。我立刻会意，说道："我要么不结，要结的话看我不把这栋楼给翻过来！"

她竟然也听懂了，说："那我们就等你装修了。"

他们家住我对面，如果我装修，受害最严重的显然是他们。看来两口子豁出去了。

一日，楼内突然安静下来，就像在一个喧哗不已的聚会上，突然大家都闭口不言了。所有人家的装修都停止了。这是某种巧合，有概率可言的，几乎像飞机失事一样罕见、难以置信。我走下楼梯去上班，整个人不免恍惚,那份安静和美好只是在这栋大楼刚建起来的时候曾经有过。阳光透过楼道外墙上的窗户射入,铺洒在阶梯上,能听见脚下的沓沓声。对门的夫妇晨练归来,我们简单地打了招呼他们就上去了。我站在楼梯拐弯处,目送他俩的背影,仿佛又回到了十几年前,小夫妻相亲相爱,互相挎着胳膊……但是不对呀,这男的并不是当年的那个男的,女的也不是当年的女的,老陈不是小曾,北方女人也不是"小鸟依人",可他们仍然是一对,进出于同一个门户,对门的房子也从来没有过户过,没有出售……我在想,这一切是如何发生的呢?这么想的时候,我一面抓紧了楼梯扶手,否则的话真的会因为眩晕而摔倒,直到装修的轰鸣声又起。事后我才知道,经过北方女人的一再投诉和报警,邻居们的装修时间推迟到了八点以后。

本来,这个短篇到这里就该结束了。当然那栋楼仍然在,里面的生活仍在继续,但已经和我无关了。

大概十多年前我就搬离了此地,把房子卖给了一对小夫妻(又是一对)。那女的挺着一个大肚子,买我的房子是为孩子的未来计——我们这里的房子属于学区房,老楼虽日见破旧,没有电梯,但孩子以后可以就近读东方红小学(重点)。我则用卖房所得在城郊购置了一处商品房,无论面积还是采光,以前的房子都无法同日而语。关键在于这是一套精装修的提包入住的房子,明令禁止私自装修。当然了,新房子所在没有学区,我也不需要什么学区,因为没有孩子。我不仅没有孩子,也从来没有结过婚,不是不想结,只不过蹉跎至今,蹉跎了而已。具体原因就不在这里说了,因为这个短篇并不是讲我的故事。

十几年来我没有回过一次老楼。之所以称我原先住过的楼为老楼,是和我现在住的高层相比,再就是那是我以前住过的房子,"老"有以前的意思,从前的意思。等我再一次见到老楼时,才知道它的确就是"老楼"了。面目陈旧不说,在楼梯上我又碰见了对门的夫妻……

起因是给我的一封邮件,竟然寄到了我原来的地址。买我房子那家好不容易从当年的合同里找到我的电话,打过来,让我去取。如果这种事发生在我刚搬离初期,我肯定就算了,会让对方自行处理掉,可经过了十五年就不一样了。与其说我对寄信人的动机感到好奇(干吗呀,都半辈子了),不如说我想看看老楼。我开始怀旧,于是就借机回去了一趟。

关于那封信就不详细说了（顺利拿到，当场拆阅，立马泪奔……），毕竟和我这里要说的关系不大。只说我一阵眩晕，手扶住一截既熟悉又如此陌生的楼梯栏杆，想到当初我也曾在此晕过。那是个阳光明媚的寂静的早上，可这会儿天色已暗，楼道顶上的照明灯已经亮了。还是当年的那只十五瓦的白炽灯泡，上面积满污垢，就像是一只发出黑光的灯泡，照得楼道里越发昏暗。脚下台阶磨损严重，边缘残破，已经没有棱角，越往下走越是如此，毕竟踩踏的人多……就在我两相比较以定心神之际，一对璧人从楼梯上下来了。我大为吃惊，认定这是幻觉，太像了，又出现在此时此地……我说像，当然不是说像老陈和北方女人，他们不可能那么年轻，而是像当年的小曾和"小鸟依人"，像楼梯上那对抽象的情侣，那个情侣的符号。总之不是真实的，是我思想的产物，鬼魅一般。我闭上眼睛，想让幻影过去。没想到他们从我身边过去以后，竟在前面不远处停下了，双双转身和我打招呼。直到此时我还心存侥幸，觉得不过是住在楼内的随便哪家住户。这儿的房子很多都卖出去了，毕竟是学区房嘛，住了一对小夫妻也是很正常的。可那个男孩说："叔叔，您不认识我了？我就住您对门，哦不，您原来家的对门。"啊，他们真的是从对门出来的。

"哦，不记得……"

"您住在这儿的时候我还小。"男孩说，"您不记得我，但我记得您。"

"哦哦。"

"叔叔，您回来办事呀？"

毋庸置疑，这男孩是对门的孩子了。但他又是谁的孩子呢？是小曾和"小鸟依人"的？不太可能。或者是小曾和北方女人的孩子，抑或是北方女人和老陈的？为什么在我的印象里，这几对组合都没有生过孩子呢？一点关于对门孩子的记忆都没有。也许是因为我没有孩子吧，所以没有注意。但我也从来没有结过婚啊，没有过女朋友，为何会对出双入对如此关注，对对门的夫妻难以忘怀？

"叔叔，您没事情吧？"

"没事，没事，年纪大了，爬七楼不行了。"

"可不是吗，最近这楼里征集业主意见想集资安装电梯，我们双手赞成，但三楼以下不愿意，说不公平。"

"噢噢。"

"您真没事儿？"

"真没事,我保证。"

"那我们先走了。"

男孩挥手向我道别。说话的时候,女孩一只手套在男孩的臂弯里,另一只手上拿着手机在看;这时被男孩拉动,抬起头也和我打了一个招呼。"拜拜!"她说。然后两个人就亲亲热热十分甜蜜地下楼去了。

我留在了那栋老楼里,直到楼道外墙上的窗户全黑了。"拜拜!"我对着地道一般空荡且逼仄的昏黑说。

附录——

老楼吟

一栋灰暗的老楼

人们上上下下

进出于不同的门户

接近顶楼时大多消失不见

居于此地三十年

邻人互不相识

人情凉薄,更是岁月沧桑

孩子长大,老人失踪

中年垂垂老矣

在楼道挪步

更有新来者,面孔愈加飘忽

老楼的光线愈加昏黄

灯泡不亮,窗有蛛网

杂物横陈,播撒虚实阴影

人们穿梭其间,一如当年

有提菜篮子的,有拎皮箱的

有互相挎着吊着搂搂抱抱的

更有追逐嬉闹像小耗子的

有真的耗子如狗大小

真的狗站起比人还高

一概上上下下

七上八下

一时间又都消失不见

钥匙哗啦,钢门咣啷

回家进洞也

唯余无名老楼,摇摇不堕

如大梦者

狼踪

1

曾小帆和韩梦是大学同学。本科没有毕业,韩梦就追随段志伟陪读去了美国。接下来的二十年是各人的奋斗期,曾小帆事业有成,韩梦两口子也在美国扎了根,并育有一子。再次见面时曾小帆和韩梦已经人到中年。曾小帆有时会想,如果大家都混得不咋样,她和梦梦还会再续前缘吗?这以后,来往就频繁了,曾小帆每年都会去美国出差,无论公务有多繁忙,她都会去韩梦他们纽约郊区的别墅里小住几天。说来也怪,两人从来没有在国内见过。韩梦两口子回老家探亲,每次都是返回纽约后才告知曾小帆的。

每次见面,韩梦都会大哭一场。她告诉曾小帆:"我知道自己会哭,每次都会告诫自己,这次不要,不要,但还是没有忍住。"韩梦说她心理上有问题，可能到了更年期。曾小帆觉得韩梦只是太寂寞了，她想了想，最后也没有说出口。

韩梦哭诉的内容一概和家人有关。比如她爸爸，开始是生病，韩梦无法飞回去尽孝（段志伟和儿子都离不开韩梦照顾）；然后她爸病逝，韩梦她妈不愿来美国和他们共同生活，因为恋上了一个"小白脸"（韩梦语）。小白脸以前是韩梦爸爸的司机，比韩梦小三岁。"倒也不是因为年龄或者层次不同，"韩梦说，"美国人只讲爱情，不会考虑这些。但……我还是接受不了！"曾小帆问为什么，韩梦说这是对她父亲的一种侮辱。"我爸是那种人，到了八十岁腰杆都挺得笔直，一点也不驼。"这是一位父亲在女儿心目中的形象，无可厚非，但曾小帆不知道这和韩梦她妈恋上小白脸有什么关系。韩梦又说起，爸爸身体一向健康，怎么说走就走了呢？八成她爸活着的时候两人就已经勾搭上了……说到伤心处韩梦不禁落泪。曾小帆说："你真的想多了，八十三已经很高寿了。"

真正让韩梦嚎啕不已的还是她的歉疚。说着说着她就调转了枪口，开始对准自己。无论她妈的表现如何，她都得尽孝，孝顺孝顺，有一个顺字在里面。

韩梦觉得自己真是不孝啊，而且还那么恶毒，心理要多阴暗有多阴暗。

大概的模式就是这样，韩梦先是控诉，转而针对自己。她所控诉和歉疚的对象都是最亲近的人，他们的儿子自然首当其冲。韩梦说起 David 在波士顿读书时每周她都会前往探望，一个人开车，当天往返，七百多公里，途中只吃一个汉堡充饥。而她捎给 David 的毛血旺（韩梦亲手做的）在保温桶里还热乎着呢。现在倒好，David 经济上独立了，连她的电话都懒得接；即使接听了，口气也很不耐烦，一语不合就挂妈妈的电话。"可能是我有问题，"韩梦说，"不，不是可能，就是我的问题。我儿子是美国人，却摊上了一个中国妈妈，能没有压力吗？"她又开始流泪，继而泣不成声。"我不应该把他当成一个小 baby，当成我们的私有财产，总是唠唠叨叨。"韩梦表示要改变自己，和儿子共同进步，她说需要跟上 David 的步伐。具体的方法就是做 David 的朋友。第二年曾小帆又来纽约，问起这件事，韩梦又哭了，说 David 说了，他根本不需要她这样的朋友。David 说，朋友关系是自愿的，怎么可以强迫呢？

就像看电视剧一样，主线不变，主角也就是那几个人，但每集都会有一些新内容。在韩梦的故事中，段志伟自然是最大的主角，反倒是这条线索变化不大。即便如此韩梦也会反复提及，类似于情节进行中必要的闪回。韩梦和段志伟如何来到美国，如何一无所有、面临绝境……韩梦特别提到那段在中餐馆打工的岁月，段志伟课余帮人家进货、记账，自己则洗碗、端盘子。至今韩梦右手手腕的神经都有问题，手掌弯不到位，就是当年让托盘压的，留下病根儿了。那么大的不锈钢盘，上面叠了三层得有多重？韩梦那么小的个子，在店堂里飞来飞去，托盘跟着旋转，特别具有画面感。韩梦说这些当然不是为了镜头，强调的是自己的贡献，她为这个家也算尽力了。可现在日子过好了，段志伟再也不会对她说："I love you, darling 加油！努力！"韩梦问段志伟："你爱我吗？"他回答说："那还用说吗？"尤其是如果母子两人发生冲突，段志伟总是站在 David 那边。

对段志伟韩梦也有很歉疚的地方。差不多十年前，段志伟有一个回国工作的机会，待遇都谈妥了，韩梦死活不同意。她说："如果你回去我就去死！"段志伟不得不屈服。

"我能放他走吗？"韩梦后来对曾小帆说，"国内多乱呀,他又是以这么个身份回去,不要脸的还不尽往上扑?我妈老成那样了还有人扑。"

韩梦说得有道理,但也不尽然。曾小帆现身说法:"我这身份怎么样,也还不到你妈的年纪,怎么还是一个人?扑不扑的,最后还得看个人。"

"你的情况不一样。"

"怎么就不一样了?"

韩梦看了曾小帆一眼,不肯再往下说了。

她又开始哭,说自己对不起段志伟,硬是把他摁在了美国,而他是一心想回中国的。她改变了他的人生,至少是下半生,完全是因为自私,家庭和感情只不过是一个借口。David说朋友不可以强迫,遑论爱情?只有在可以爱可以不爱的情况下然后爱了,那才是真爱,非爱不可那还是爱吗?爱情的前提是自由选择。自己真是太卑鄙了,利用了对方的同情和弱点……

曾小帆只能听着,除了不断地给韩梦递纸巾就不知道说什么了。实际上也不需要说什么。任何一个话题韩梦都有可能转移到她的伤心事上,而任何一种伤心韩梦都会自行转弯,批判起自己,并不需要曾小帆劝解。但曾小帆必须在场,韩梦的双手互搏才能进行。她看似纠结得厉害,不过是自我治疗的一种手段。如果曾小帆不慎多嘴，没准韩梦就会转而针对她了。"你也是的，"韩梦说，"这么多年了，也不联系我们！在学校的时候咱俩多好呀，钻一个被窝，衣服也换着穿，要不是我跟段志伟来了美国，我们真就成一对儿了。"

这是怨。然后韩梦的眼圈又红了。"你说你难得来一次，千山万水的，一来我就把你当成了垃圾桶。有我这样的吗？你是个没良心的，我比你还要没良心……"

无论是哀怨还是歉疚，韩梦只针对最亲近的人。曾小帆想，承蒙韩梦看得起，自己应该是对方除家人以外最近的人了。

2

这次曾小帆来纽约，按惯例去韩梦他们的郊区别墅住了四天。四天下来韩梦竟然没有哭诉过。曾小帆心想，这次她大概不会哭了。曾小帆回国的航班是第二天一大早，距现在不足十六小时。下午两点左右，她们坐在一楼的餐厅里喝咖啡，咖啡是韩梦在咖啡机上现做的。曾小帆一面搅动着小勺子，一面看向窗外。由于窗户的下半截围了一圈韩梦亲手绣花的薄纱窗帘，曾小帆只能看见外面的树顶。树顶之上则蓝天如洗。曾小帆说："这里的环境太好了。"

"好有什么用，她又不肯来！"

曾小帆自然知道韩梦口中的"她"是说谁，心想，又开始了。她赶紧喝完杯子里的咖啡，说："不如我们去你们小区里走走。""不是说好去奥特莱斯吗？""购物啥时候不行？又不是没去过。"曾小帆不由分说地站起来，"你们这儿我还真没逛过呢。"就这样，两人没有换衣服，也没化妆，打了一把遮阳伞就出去了。一直走到了外面韩梦还在说："我们社区的确值得一看，连参议员都在这儿买了房子……"

的确如此，树木开花，粉红一片或者粉白一片。那些树就像是只开花不长叶子一样。而且这个地方大得超出想象，一条车道随着山势蜿蜒起伏；别墅建在道路两侧，也错落有致，间距不是一般的大。关键是一个人都没有，路上也没有车。曾小帆和韩梦走了五六分钟，只看见一个白人妇女推着一辆婴儿车，从远处拐进一个围了木栅栏的院子里。

"从这条土路下去前面就是森林。"韩梦说，"要不要去看下？"

曾小帆向那条岔出去的土路走了两步，发现遮阳伞的阴影没有跟过来。她回过头,见韩梦仍然站在主路上。"有狼。"韩梦说。

"什么,什么?"曾小帆退回到车道上。韩梦这才说:"也不是啦,是有狼踪。冬天的时候下大雪,社区里发现了狼踪,就是狼的爪印。"

"还真有狼啊。"

"说不好,"韩梦说,"可能是狼,也可能是狼狗,但美国很少有流浪狗的,而且是我们这样的地方。"

她们放弃了前往森林,只是沿车道散步。仍然能听见风吹树摇的声音,鸟叫声尖锐而短促,就像子弹飞过去时的哨音。突然,一个女人出现在她们面前,穿着一身黑衣服,戴着草帽,鼻梁上卡了一副很大的墨镜。曾小帆觉得她就像是从树枝上飞下来的一只大鸟,特别是女人的嗓音,简直和乌鸦一模一样。

"你们是中国人吧,我听见你们说中文。"那女人用中文说,显然她也是中国人。"只有我们中国女人才会这样,裹得严严实实的,戴草帽、打伞。我们不像老美,皮肤经不起这儿的阳光,一晒就黑得不成样子。"

这是个自来熟的女人,自称姓车。车女士说她在这儿住了十年了。当得知韩梦在这里也住了七年,她惊呼说：“我怎么一次也没有见过你呀，怎么可能！”不等韩梦回答，车女士马上说起了她女儿，如何地聪明、漂亮，从小学开始就一路拿奖。讲演比赛获奖，英文比赛获奖，女童选美冠军，音乐考级十级。女儿从小学钢琴，有两架钢琴，一架女儿上大学以后就卖掉了，还有一架白色的专业三角大钢琴现在还在家里放着呢……曾小帆对美国的情况不是太了解，看见韩梦不停点头，心想车女士应该不是吹牛。车女士也不再走她原来的路了（她们是迎面碰上），很自然地调转方向，跟着韩梦、曾小帆向前而去。就像一开始三人就是一伙的。

由于车女士谈话的对象主要是韩梦，她不由自主地挤进遮阳伞的阴影里。谈话过程中，车女士意识到曾小帆被挤出了伞下，"不好意思。"她说，但也没有退出来。她取下头上的草帽，递给曾小帆，后者扣上，很自觉地落后了一步。车女士于是取代了曾小帆的位置。曾小帆心想，作为回报韩梦该谈论David了，但是没有。仍然是车女士在说话，说的仍然是她女儿。这不，女儿最近迎来了人生中的重大考验，半年前她跑去学武术，和武术教练谈起了恋爱。武术教练是有家庭的，女儿被对方抛弃，伤心不已。"我对女儿说，这很正常。"车女士说，"总不能谈的第一个男人就要结婚吧，又不是在中国，就算中国现在也不这样了。需要尝试，不断尝试，就像你学钢琴，不可能一上来就弹一支整曲子……"

说话间到了小区边缘，车女士指着山坡上的一栋白色别墅说："我就住这里。"韩梦发出一声惊叹："啊，这是你的房子？""是呀。"车女士说，并没有回家的意思。眼前的房子不仅通体雪白，也大得异乎寻常，有韩梦家的别墅两三个大。如果在国内，这样的房子就应该被称作"楼王"了。曾小帆取下草帽，递还车女士，后者就像没看见一样，挽上韩梦的胳膊绕着那房子兜了一个大圈。她们又回到了来路上，往回继续散步。

说完女儿，车女士开始说她养的狗。一条拉布拉多，车女士称它为"儿子"。女儿上大学住校以后，就是儿子和她做伴了。一个月以前儿子被小区里的一辆车撞死了。当时车女士正在家做一幅绣品，听见汽车急刹车的声音知道大事不好，放下手上的活儿马上跑了出来。儿子倒在血泊中，肇事车辆逃之夭夭。还是一个白人邻居开车带他们去医院的，行驶途中儿子就伏在车女士的腿上断气了。车女士抑制不住地大哭，老白人说：你就哭吧，没有关系，我完全可以理解。

"血，血……"

"没有关系，我的车很老，它见过很多的血……"

说到这里车女士停下了，蹲下身去然后坐在路上开始哭嚎。曾小帆、韩梦吓坏了，以为回忆勾起了她的伤心，车女士一时无法自禁。由于她戴着墨镜，她们看不见她的眼睛，也不见有眼泪。正在疑惑，车女士站了起来，挽上韩梦又开始向前走。原来她是在模仿当时的情形。

"后来呢？"曾小帆忍不住问。

"后来我们就把儿子埋葬了，举行了葬礼。我女儿回来哭得要死……"车女士说，掏出纸巾擤了几下鼻子。"我儿子就埋在那栋房子里。"

她说的就是那栋"楼王"，此刻再次出现在前方的山坡上，白晃晃一溜，不过距离尚远。韩梦说："怪不得呢，一周前业主委员会开会，我们家是我去的，讨论了狼和狗的问题。"狼的问题就是小区里出现了狼踪，再次提醒业主们小心防范。狗的问题显然是由车女士的狗引起的。最后大家一致通过，今后在小区内部开车不得超过十五迈。

"原来是你家的狗狗呀。"韩梦不无兴奋地说，"你怎么没去?他们还以为是我家的狗,好几个老外跑过来安慰我……"

"中国人的脸他们分不清。"车女士说,"我能去吗……不过,我要是去了就能早几天认识你了。"

然后,她们第二次到了那栋白色的大别墅前面,车女士邀请韩梦、曾小帆去家里坐坐,喝一杯咖啡。曾小帆本来有一点好奇,但车女士说儿子埋在里面,曾小帆不免忌讳。韩梦大概也是这么想的,于是两人不约而同地谢绝了。本以为车女士会就此告别,回到那房子里去,但她没有。既然韩梦、曾小帆不愿意进去坐坐,她也就没有必要回家了。和上次一样,她们绕着那栋房子转了一圈行完注目礼又转回来了。

直到第三次,曾小帆和韩梦交换了一个眼神,在房子前面站定了。就这么站着她们又说了半天,车女士丝毫也没有回家的动向。最后,曾小帆说她是明天一大早的航班,行李还没有收拾,车女士这才sorry不已,说自己打搅她们了。车女士对曾小帆说:"下次再来纽约住我家,我的房子大,可以随便耍,你一定要来住啊!"对韩梦她倒没说什么。还用说吗?下次曾小帆再来的时候,她们肯定已经成为朋友了。

回去的路上韩梦说:"美国人从来不这样,哪儿有第一次见面就让去家里住的?"看得出来她不高兴了。

"不会啦,你就放心吧。"曾小帆说,"那房子里埋了一条狗,还有一架没人弹的白色大钢琴,瘆不瘆人啊。"

"我有什么不放心的,你尽管去住,反正她的房子大。"

"小样儿,就算我去住,那也得叫上你。"

"我才不去呢,谁给段志伟做饭。"

"那就把志伟拉去一起住。"

"便宜他了,一个男的三个女的,妻妾成群呀!"

"哈哈哈。"

"哈哈哈。"

3

回到韩梦他们的别墅已经五点多钟。韩梦准备晚餐,曾小帆上楼去客房收拾箱子。她想,韩梦终于没有机会哭诉了,待会儿段志伟回家又是三个人的格局。韩梦只是独自面对曾小帆时才会那样,有段志伟在场她一向表现正常。

曾小帆下楼，韩梦已经摆放好了餐桌。煮菜在火上炖着，炒菜则要等段志伟回家现炒。韩梦解下围裙，关上煤气灶，和曾小帆下到楼下的车库，发动汽车去火车站接段志伟。

韩梦和段志伟在纽约市区有一处小房子，平时两个人住那儿。虽然离段志伟的公司很近，步行不到十分钟，韩梦仍然坚持每天两次接送段志伟。后者的午饭和晚饭都是在家里吃的。只是在周末或者节假日，他们才会回到郊区的别墅里。每次曾小帆来纽约，市区的小房子摆布不开，他们的生活重心也会转移过去。韩梦仍然要做饭，仍然得开车接送老公，只不过两顿饭变成了一顿饭（早餐段志伟在路上解决），接送也变成了一次。当然韩梦不可能把段志伟一直送到公司，距离太远。小区附近有一个小火车站，段志伟乘坐火车上下班，韩梦只需要一大早把他送到火车站就行了。晚上再去接。也就十来分钟的车程，出了小区大门拐一个弯下一个坡就到了。早上送段志伟是韩梦单独去送，曾小帆起不了那么早。傍晚时分则是两个人一起去接。

曾小帆很喜欢去车站接段志伟的感觉。那时天已经黑透，前方的火车站亮起了灯，虽说灯光明亮，但在群山的环抱下那片房子还是显得很孤零。她们在停车场的一个固定位置上泊了车，韩梦不下车，每次曾小帆都会从副驾上下来。她点起一支香烟，遥望车站的出口。然后，一些人影出现了，都是向停车场方向而来的。直到她们辨认出段志伟微微摇摆的身形，曾小帆踩灭烟蒂迎上去，同时展开双臂给了男主人一个大大的拥抱。段志伟的第一句话必然是"抽支烟再走"。曾小帆于是再次拿出香烟，两个人各点了一支。车窗后面的韩梦不禁皱眉。一根烟没有抽完，她就会按喇叭，提醒他们上车。

这是此次曾小帆美国之行的最后一晚，情形和前几个晚上一样，没有任何特别之处，更没有特别的伤感。就像明天曾小帆还会和韩梦一起，来火车站接段志伟。抽罢香烟两人上车，韩梦启动，沿原路开了回去。大概因为上了一天班，又来回折腾（坐火车到市区需要一个多小时），段志伟说话不多。倒是韩梦问起段志伟公司里的事，段志伟一一作了回答。这也是惯例了。好在路途很短，不一会儿他们就到了。

段志伟上楼洗了一把脸，换上居家的衣服，下楼来到餐厅里。到了这时他才缓过来，人也变得兴奋，或者是装得很兴奋。

"亲爱的,今天做了什么好吃的?"他对韩梦说,"明天帆帆就走了,我们得好好喝一下。"

一瓶红酒早就放在餐桌上了,旁边是开瓶器。段志伟忙着开启红酒。

吃饭的时候段志伟问:"下午你们去奥特莱斯了,有什么收获?"

韩梦说没去。段志伟又问:"没去中央公园走走?"

韩梦说:"来不及,帆帆又不是没去过。"

"哦。"段志伟说,端起高脚杯和曾小帆碰了一下。"你这次来得不巧,中间如果有一个周末,我们就可以开车出纽约玩儿了。"

曾小帆说起下午她和韩梦散步的事:"你们小区就是一个天然的公园,风景不比任何地方差。"

"那是那是。"段志伟说,"穿过社区东边的树林就到哈德逊河边了,站在悬崖上能看见我每天去上班坐的小火车,就像在水上行驶一样……"

自然说到了路遇车女士,说起车女士的女儿、她的狗儿子以及那栋可称之为"楼王"的大房子。"你没见过她?"韩梦问。

"没见过。"

"她是这里除我们之外唯一的中国人。"

"车女士没有丈夫?"

"没有,要不就不住在一起。"韩梦突然看着段志伟说,"你问这些干什么? 她有丈夫没丈夫和你有什么关系?"

"是没关系,但那么大的房子……"

"她自己就不能挣钱买啊? 非得靠男人……"

眼看气氛不对,曾小帆连忙打岔,说:"车女士特别热情,以后和梦梦肯定能成为朋友。"

"才不会呢,我们不是一路人!"韩梦说。

"我和你打赌。"曾小帆说,"今儿我把话撂这儿,如果你们不好成一个头,我就不姓曾。"

"切……"

段志伟还想再开一瓶红酒,被韩梦制止了。"明天起大早还要送帆帆。"她说,同时站起来开始收拾碗筷。段志伟也站了起来,对曾小帆说:"我们去干我们的事吧。"他说的"我们的事"是指饭后一支烟,这也是惯例了。韩梦照例翻了段志伟一个大白眼。

差不多三十年前,段志伟年轻的时候是吸烟的,而那时曾小帆并不吸烟。二十年后,曾小帆再次见到韩梦他们,段志伟早就戒了,曾小帆却抽上了。曾小帆抽烟很大的成分是因为工作需要,她得像男人一样去拼搏。实际上曾小帆没有什么烟瘾。韩梦讨厌烟味儿，所以她们单独相处时曾小帆从不吸烟。曾小帆保留抽烟的权利并随身携带香烟，是为了段志伟；只有在曾小帆来他们家的这段时间里，段志伟被允许抽上两根。曾小帆一走，段志伟立马戒掉。曾小帆真够佩服对方的。

每天两次，一次是在接段志伟的时候，一次就是饭后。他们当然不能在房子里抽烟。由于曾小帆第一次来的时候是一个冬天，他俩就下到楼下的车库里，升起一半卷帘门在车库里抽。这也形成了习惯，后来无论季节，饭后抽烟总是在车库里。这次亦然，身边是那辆宽大的越野牧马人，两个人在车和储物架之间的空隙里站成竖列。段志伟手上拿着一只一次性塑料杯，里面盛了半杯清水。两人吸烟，将烟灰弹在杯子里。顶灯的照射下，那杯水变黄了。卷帘门完全升起，外面的空气新鲜甚至凛冽。他们没有走出去，轻声细语地说了点什么。就像他们的话会像烟雾一样，弄不好的话会飘上楼去，惊吓到韩梦。在关了车库的灯，卷帘门尚未全部降下，他们准备上楼返回去的一个片刻，曾小帆瞥见了外面的星空，星星密密麻麻的，就像头皮屑。也许是曾小帆的幻觉吧。

4

2020年，曾小帆的日程中至少有两个重要会议要去美国参加。但由于疫情，新年一开始曾小帆就被封闭在湖北的一家酒店里了。封了两个多月，连房间门都出不去。甚至春节曾小帆也是在酒店过的。好在她向来一个人，早就习惯了。曾小帆随身携带了一台笔记本电脑，除了上网处理公司事务、张罗视频会议，剩下的时间就是躺在床上刷手机。各种消息、舆情，国内、国际……偌大的一张双人床垫，她向来只睡半边，最后那张床向靠窗一面倾斜。曾小帆下床走动、吃饭、打电脑、做瑜伽，即便离开两三个小时床垫也不会复原。按她的话说，"隔离期间我把酒店的床都睡塌了"。

微信朋友圈自然热闹不已，和朋友们的互动也增加了。曾小帆和韩梦夫妇有一个三人小群，曾小帆和韩梦互加了微信，和段志伟却没有互加，但并不妨碍通过小群互通消息。韩梦两口子几乎每天都会问候曾小帆，发来美国媒体的报道。当时美国的情况相对宽松，韩梦他们的日常起居和平时也相差无几。美国人也恐惧，但停留在观念和抽象阶段，对灾难的认知还是一种想象，不那么切身……

全世界的目光都集中在中国。对韩梦他们来说，除了国内的家人，最担心的就是曾小帆了。韩梦专门打了一个越洋电话，慰问曾小帆。大概是开了免提，韩梦说完段志伟说，段志伟说完韩梦又说，直到曾小帆的手机被打得发烫。

韩梦问对方，需不需要给她邮寄一些物品，口罩、消毒液、药品或者罐头，曾小帆说，完全没有这个必要，反倒是他们应该储备一些物资，以防万一。韩梦说他们已经储备了，就堆放在郊区别墅的地下室里。

一个多月后，整个西方包括美国告急。纽约开始实行有关措施，段志伟也不去公司上班了，和韩梦搬到郊区的别墅里自我隔离。韩梦很兴奋，在小群里说，这么多年了，她和段志伟从没有这么亲密过，二十四小时须臾不离，完全是二人世界。然后，纽约开始下大雪，韩梦在群里发了不少照片。小区里银装素裹，别有一番风景；段志伟拿着铲子在别墅门前堆雪人，或是韩梦躺在雪地上撒野。照片上始终是一个人，因为另一个人是拍摄者。要么就是空境。那个世界一如既往地缺少人气，甚至更加空廓寂寞了。

再后来，小群里就没动静了。曾小帆发过几次信息，无论韩梦还是段志伟都没有反应。当时，针对湖北的封锁已经解除，曾小帆已回到上海的公司上班。工作积压如山，曾小帆基本没时间顾及私事，三人小群就此停摆。但她的心里始终有一个疑问，隐隐约约的。

一天深夜，结束了一天的工作准备躺下，曾小帆突然心有所动，再次翻出那个名为"纽约三人行"的小群。依然没有新内容。"你们还好吗？"她发了一条信息，等了一两小时不见回复。这时凌晨三点已过，纽约应该是下午时间。曾小帆想，也许是段志伟在群里，韩梦说话不方便吧。她给韩梦单独发了一条私信，问他们那边的情况如何，为什么不回她信息。仍然没有回复。

这不免激起了曾小帆某种心理。本来不算什么事情，但现在必须知道答案了。两天后，曾小帆忙里偷闲再次私信韩梦："现在你和车女士成一对儿了吧，不需要我了。"没想到韩梦秒回："怎么可能。不过倒是有人和她成一对了。"曾小帆追问韩梦什么意思，后者又不说话了。

曾小帆别无选择，思考片刻后给韩梦打了一个电话。以前，她不主动打电话给韩梦，是因为对方会抱着电话不放,有时还会在电话里哭。但这次不一样,韩梦话里有话,肯定是出什么事了。

果然,电话铃一声没有响完,韩梦就接了起来。就像她一直在电话边上,一直在等曾小帆的电话。并且,马上就泣不成声。韩梦边哭边说,纽约的大雪、社区里的狼踪、山坡上的大房子、史密斯威森左轮手枪……她的叙述疯狂而混乱,曾小帆不禁骇然,一时半会儿没有理出头绪。后来,总算锁定了主角,曾小帆这才大致能将韩梦的故事连成一篇。

一天,段志伟外出散步未归,打他手机,放在家里了。韩梦走出别墅寻找段志伟,意外发现了雪地上的狼踪——业主会议上曾放过有关投影,狼踪比狗爪印要大,前端更尖锐,痕迹则相对要浅。关键是,狼行是一条直线,狗走路一般是双行。韩梦一眼就认出了狼踪,立刻反身回去从保险柜里取了段志伟的手枪。带着枪韩梦第二次来到室外,沿着狼踪绕别墅的房子转了一个圈。脑袋里自然出现了一些可怕的想象,段志伟被狼叼走了。但他已经不是小孩子,体重接近一百公斤,而且雪地上也没有血迹……不知道怎么回事,她就来到了小区的车道上,那条路一直把她引向了小区尽头的那栋大房子,也就是车女士的家。

这条路曾小帆和韩梦一起走过,因此曾小帆的眼前出现了相应的画面,繁花似锦被置换成银白一片。除此之外曾小帆不免恍惚。尤其令她不解的是,雪地上的狼踪怎么变成了段志伟的鞋印?是韩梦没有说清楚吗?或者那印迹真的变幻了?韩梦又是怎么知道那是段志伟的鞋印的?然而事情因狼踪而起,最后落实到段志伟、车女士这里却千真万确,否则的话韩梦为什么会如此伤心呢?曾小帆惊讶于韩梦的直觉,狼踪、雪地之类的不过是直觉所需的情景演绎,就像做梦一样。梦有所谓的谜底,而韩梦的遭遇也指向一个现实的结论……

曾小帆无暇顾及自己的思路,此刻她有更关心的事。"那支枪呢?"

"枪?"就像狼踪一样,枪已经被韩梦忘记了。她想了起来,说,"枪没响,我忘装子弹了。"

"哦。"曾小帆总算松了一口气。

这之后韩梦就在电话里哭开了,撕心裂肺。曾小帆静静地听着,每次韩梦发作时都是这样。直到韩梦彻底平静下来,狠狠地擤了一通鼻子后不再出声。

"下面怎么办,你准备离婚?"

"离了,他就会搬过去,但还是会来找我。"

"会吗?"

"以前,他和我在一起的时间多,和姓车的只是偶尔见面。"韩梦说,"如果他搬过去,他们就整天在一起了,什么时候来找我那就难说了。"

"你什么意思?"

"我的意思就是不想和姓车的对调。"

看来,韩梦已经想得很清楚,毕竟这件事不是昨天发生的。但曾小帆还是说:"我认为这么处理不太合适……"

"知道吗,"韩梦打断曾小帆,"为什么我们分开二十年,我从没有找过你?"

"为什么?"曾小帆有点发蒙。

"为什么再次联系上了,你每年都来纽约,来看我?"

曾小帆完全不知道该作何回答。

"告诉你帆帆,我心里跟明镜儿似的。"韩梦继续道,"别以为你们在车库里干的那些事我不知道,别以为我不知道你喜欢段志伟。"

曾小帆深深地吸了一口气,说:"也许吧,那是以前的事了……"

"你为什么一直不结婚?"

"我……"

"我没有谴责你的意思哈，只是想说，我一贯是这么处理事情的，不用你来告诉我怎么做！"

曾小帆突然感觉到一阵空虚，就像剧痛一样占据了她的全身。她没有生过孩子，此时此地只是记起了一次看牙，就是这样的感觉。实习医生钩动了她的某根神经，曾小帆疼得从椅子上坐直了身体。那一瞬间好像有什么东西把她的里面全塞满了，只有疼痛，已经没有曾小帆了。此刻的空虚就像那疼痛一样实在，她也已经不存在了。眼泪唰地从两颊流了下来，不是伤心，不是屈辱，只是机械作用。

曾小帆轻轻地按下了手机的结束键。

大卖

1

他从小立志写作，写了二十多年，第一本书终于正式出版了。出版公司计划在著名的先锋书店搞一个首发仪式，届时，公司副总高某将在老许的陪同下亲临现场。老许是他多年的朋友，做图书策划，这本书是在他的竭力推荐下对方才接受的。老许发来信息，让他请一些"有分量"的嘉宾，他想到的是老梁、老水、老夏，这三人没一个是写小说的。当然，就分量而言不成问题。老梁是著名影评家，老水是著名诗人，老夏是著名艺术家，加上老许——著名出版人，这四人便是他的几个著名朋友了。他和他们年龄相仿，但称他们为老梁、老水、老夏、老许，他们则称他为小林。这是区别所在。

除著名人士外，小林还请了一些非著名的朋友，到时候即使没资格做嘉宾，也可以充当观众。首发活动不愁人多，毕竟是小林的人生大事。和文学苦恋二十载，修成正果正式出版需要大家的见证。

其间小林接到一个电话，对方是一个女人，说在网上看到了预告。她问小林为什么不请她当嘉宾。小林有点发蒙。倒也不是女人不够著名，表现异常（哪有主动要求当嘉宾的？），而是电话本身，是这个女人打的这个电话。他一下子想起了很多事，从脖子到耳后起了一片鸡皮疙瘩。

在漫长的单身生活中，小林和这女人有过一段。不对，是几天。但因对方的表现，小林马上就退却了。他对女人说："以后你就是我妹妹，我们可以做一辈子的兄妹。"分手宣言竟如此缠绵，这是小林的问题，不提。女人立刻就疯了（不是堕入失恋的痛苦，而是疯）。她偷配了小林的全套钥匙，潜入他的工作室，拷贝了电脑上小林所有的通联信息，然后四处打电话、发短信、登录QQ，向全世界宣布小林是一个大流氓。女人甚至进入到小林的住所，脱得一丝不挂埋伏在小林床上。那天小林和老许小聚，多喝了两杯，微醺之中到家，灯也没开就和衣躺下了。老许来电，询问他是否已平安到家，只听电话那头发出一声无比瘆人的惨叫——这是老许的叙述。镜头转向小林的床榻，在手机屏的荧光反射下，小林看见黑暗中的两只瞳孔（没错，是瞳孔而不是眼睛），近在咫尺正瞪着自己。小林吓得扔掉了手机。

最后，小林和女人的事还是报警解决的。女人被拘留了一周，出来后仍然会给小林打电话、发信息，但不敢靠得太近了。她叫什么来着？小林一时竟想不起来。这事当时闹得沸沸扬扬，朋友们都说女人是花痴。"你是花，花……"

"我不姓花。"女人说，"好啊，你连我叫什么都忘记了！还记得什么？"

小林当真想了一下，除了所受的惊吓，脑袋里一片模糊。她似乎是一个演员，或者在剧组干过。既是演员就应该长得不错，但小林还是想不起来那张脸（除了那双瞳孔）。毕竟时间隔得有点久了。

"不当嘉宾也行，"花姐（我们姑且叫她花姐）说，"但活动我总归是要去的。我们有多少年没见了？"

"哦哦。"

"你放心，"花姐感觉出了小林的紧张，"我现在有男朋友。他是谁？"——小林根本就没有问，"说出来不要吓死你！我男朋友不是一般地有名，名字我就不说了，你倒是应该请他当嘉宾的。"

"哦哦。"

"当然了，就算你请，男朋友也不见得有时间。"

首发仪式如期举行，虽然顺利但不算太成功。问题主要出现在嘉宾方面。老夏死活不肯上台，说自己是搞艺术的，不善言辞。老水记错了时间，来的时候流程已经过半，勉强到了台上眼睛浮肿着直打哈欠。小林怀疑他是午觉睡过头了。剩下的只有影评家老梁了。他是这么开头的："林强这本书我还没有拜读，虽然没有读但我是看着他长大的，不不，看着他成长起来的……"接下来老梁的发挥更是不堪，说小林"到今天都没有结婚，也没有女朋友，估计还是处男……这人内秀，书中自有颜如玉嘛，升华了……此次活动就相当于小林的婚礼"，只有后面这句话还算应景。然后，老梁开始大谈这本他没有读过的书如果改编成电影将会如何如何地精彩。

还有老许，作为这本书的策划发言。大概因为受到前几位的影响，加上他天生口拙，没说几句就卡住了。静场良久，老许满头大汗。"我、我……反正林强写得就是牛逼！完了。"

幸亏有出版公司的高总在。此人长相英俊，穿着也很讲究，在台上侃侃而谈。从电子阅读的兴起到纸质出版的前景，再到林强这样的"野生作家"（小林是第一次听到这个说法）存在的价值、公司经营的品质追求，高总说了近一小时。同时也很幽默。比如他说林强这本书就是一枚金蛋，林强自然是那只下金蛋的母鸡，今天大家有幸，鸡和蛋都一齐见到了。说着高总站起来，张开双臂走向小林，给了他一个十分热烈的拥抱。高总转头面对观众："我也是第一次见到这只凤凰。"——及时地将鸡调整成凤凰。他再次转向小林，附耳但大声地对着话筒说："希望您多为我们下蛋，下金蛋、银蛋、钻石蛋！"

掌声。

活动过程中，小林始终有某种不安，自然是因为花姐。但恰恰是这种不安的存在使他的注意力有所转移，没有显得过于紧张。和观众互动环节，小林应对得当，表现明显强于几位嘉宾，完全看不出这是他的"首秀"。花姐来了吗？肯定是来了。那么，谁又是她呢？哪张女人的脸是花姐的脸？她应该有四十岁了吧，这个年龄段的女人看上去都像她，又似乎都不是她。由于无原件可比对，小林越发茫然起来。他的最后一个问题是,花姐既然来了,为什么不现身呢?这也太不像花姐了。也许是没有合适的时机,她将给他带来某种不一样的惊喜(惊吓)?

直到首发仪式结束,也没有四十岁的女人自称花姐。小林感觉到了对方的气息,甚至闻见了花姐的气味,但就是对不上号。问答、签售、和读者合影、互留微信,想必他俩已经接触过了,四目相对或是肌肤相亲(握了一把手),只是一个在明里一个在暗处。这种感觉让小林很不舒服,几乎超过了对花姐有可能跳出来砸场子的恐惧。花姐,你就赶紧自报家门吧!

或者,花姐根本就没来。又或者,她根本就没真的想来。小林不禁心存侥幸。

2

从先锋书店出来,一帮人去了一家路边餐馆。这家餐馆虽不起眼,但很有名,属于酒香不怕巷子深那种,老许活动前就预订了包间。除了几位嘉宾,还有其他几个朋友,加上高总和他的助理,满满当当挤了一大桌,有十二三个人。小林其实也认不太全。不认识的自然是朋友带来的朋友了。小林心想,只要没有花姐就好。显然没有，在座的统统都是男人，没有女人。

高总当仁不让，坐了主位。他的两边是老许、老梁、老水、老夏。小林和高总助理坐在对面。这个座次既顺理成章也有一点奇怪，因为论著名高总远不及老许、老梁、老水、老夏。论年纪高总更是年轻，嘴上没毛。但如果说到对此次活动的贡献，当然得首推高总了，何况小林的书是他们公司出的。大家委屈一下不都是为了朋友吗？于是乎，这帮各自领域内的翘楚放低了身段，轮番向高总敬酒。高总猛喝一轮，开始飘飘然起来。他对老许说："你只要跟着我干，不愁你哥儿们的书出不了！"这个哥儿们显然是指小林。为了小林老许赔笑道："那是，那是。"

"下面，我们就推出林强全集。"

"全集……"

"你以为我不敢？"

"没有，没有。"老许说，"推，一定要推！"

老许只策划图书，没有自己的发行渠道，一向需要和出版公司合作，因此他的迎合也不完全是为小林。

高总转向老梁："你弄电影？我们公司可以投啊。"老梁说："不弄电影，我写影评。"高总一拍桌子："那就更好办了！我帮你出，出影评集，全集。"

老梁未及回答，高总又转向了老水："我知道你写诗，诗集太难卖了，这年头谁他妈的还读诗？就是出了也卖不动。但，多大的事情！"他说："我亏本帮你出，先出个上、中、下自选集，你看怎么样？"

面对艺术家老夏，高总多少有点拿不准了，画家不是出一两本画册就能解决问题的。他开始大谈自己和画廊、拍卖公司的关系，以及他们公司投资艺术品市场的意向。小林觉得老夏的脸色都变了。一来老夏签约的都是世界排得上号的大画廊，二来，老夏最忌讳别人把他的艺术当成商品。高总毫无敏感，不仅唾沫横飞，说到兴奋处甚至站了起来，灯光下一条影子在杯盘狼藉间不停晃动，肯定有口水落在了菜盘里。后来高总也不说出版和画廊了，说起了建筑，说他们公司正在筹建一栋全亚洲最高的大厦，图纸都画出来了。大概觉得这个牛皮吹得有点大，高总补充道："当然了，目前也只是图纸，真正屹立在东方也是我的时代的事了。"

"屹立在东方？"老夏冷不丁问。

"出版大厦呀。"

"你的时代？"

"是。"高总尽量真诚地答，"我还年轻，现在的吕总对我那是视如己出，他有糖尿病，年纪也大了，到时候……"

"你喝大了吧？"

"这他妈的才多少酒？"说着高总抓起桌上的一只分酒器，直接喝干了。"到时候你的事就是我的事，全帮你搞定！"

应该就是从这时起，小林对后来发生的事有了预感，总觉得会有人出头制止高总。他觉得这个人会是老夏，但失算了。老夏还没有怎么样，旁边的这位有了异动。小林左手坐着一个光头，小林完全不认识。此人自始至终没有说过话，一个人独自喝着闷酒，也不与其他人碰杯。不说话的人分两种，一种你完全可以忽略他的存在，一种，正因为不说话就像一个黑洞。光头显然是后者。其实所有在场的人都注意到他了，也都认为他是朋友带来的朋友。这位朋友的朋友此刻弯下身去，伸出右手在桌子下面摸索（异动）。

小林看向桌下，那儿放了不少空酒瓶，都是酒倒光了换下去的。酒瓶横七竖八地躺在桌下的黑暗中，光头戴着金戒指的手捡起其中的一只，竖直了。光头的手就像长了眼睛一样，光头根本没有看，手和酒瓶就连成了一体，戒指和瓶体同时放出暗光。小林还在疑惑，光头噌的一下已经站了起来。酒瓶被手带离地面，瞬间就被举到了灯光下。小林"啊"了一声，或者说半声，还没"啊"完，那只酒瓶就已找到了落点，正是对面高总闪闪发亮的大脑门。

静场。

由于事发过于突然，所有的人都愣住了。高总自然也不再说话。两个家伙面对面地隔桌站着，其他的人都还坐着。直到一道鲜血蚯蚓一样地从高总的头发里爬了出来，一下子流过他的面颊落到了桌子上。啪嗒一声。

现场大乱。大家纷纷站起，并立刻分成了两拨，一拨围着光头，以防他再度行凶；一拨围着高总，查看伤情，不让他进行回击。高总嗷嗷乱叫，已经发狂了。小林的注意力自然在高总身上，他是小林小说的出版方，可以说是为小林才受此伤害的。小林义无反顾地挤到高总身边，这才循着高总的目光去找光头。奇怪的事发生了，在这个不足十平方的包间里，光头竟然从人间蒸发消失不见了。

在高总的带领下，一帮人走出包间寻找光头。餐馆大堂也就一百多个平方，仍然不见光头那颗青光锃亮明显不过的大头。高总于是顺手拖了一把椅子，在食客们惊恐不已的注视下奔出了店门。这时的高总已经成了一个血人,好在餐馆外面的小街上路灯昏暗,几乎没有行人。高总来往奔突,大声地吼叫道:"人哪?人哪?你给我出来!"高总后面跟着他的助理,一路搀着高总:"高总,高总,您慢点……"

其他人包括小林都站在餐馆门口,眼睁睁地看着。这会儿已经摁不住高总了,也没有必要摁住,因为高总已经失去了攻击目标。那就让他拖着椅子跑一会儿吧,发泄一番。直到高总当街放下椅子,坐上去喘息不已,大家这才又围了上去。

事后老夏说,这家餐馆有二楼。情急之下他将光头推向了楼梯口。一个人弄不动光头,老夏招呼老水过去帮忙,二人合力这才把光头推上楼去。之后,老水守在楼梯口,老夏负责在楼上安抚光头。也就是说高总在小街上奔突、折返的时候,老夏正搂着光头在楼上的窗口俯瞰。当时光头情绪激动,一再试图破窗而出,跃到街上去和高总撕打。当然了,也可能只是做做样子而已。

此刻楼下的街上,老梁把他的车开了过来。在小林、老许的反复劝说下,高总上了车。小林坐副驾,后面的座位上老许、高总助理一边一个把高总夹在中间。汽车长按喇叭，一路狂奔而去。

谁都知道，他们的目的地是医院，高总也知道。但所有的人嘴上说的却是找人，也就是找光头。高总大声疾呼："找！找！一定要把人给我找出来！"

老许、高总助理以及小林齐声附和："找！找！一定要找到！"

"打！打！一定要打！"

"打！打！打断你的腿，看你还跑不跑！"

喊打喊杀的同时，他们伸出各自的胳膊捏紧拳头晃动着。小林回头看见这一幕不禁骇然（他看不见自己），高总满脸血污，鲜血已被一把抹开，整个脸都变形了。老许和高总助理也极为兴奋，脸泛油光。只有老梁一声不响，只顾埋头开车。不过那车也开出感觉来了，不停地超车、弹跳、急刹，小林甚至闻见了轮胎摩擦产生的胶皮味。

高总忙里偷闲问老梁："你这算酒驾吧？"老梁答："喝酒我开得更好，不喝反而不会开了！"

"注意安全。"高总说，突然转向老许，"今天不把人找到，你就不用跟公司合作了！"

老许说："好说，好说。"也不知道是什么意思。

高总又转向他的助理："不找出人来，你就别干了!"

他倒没有对小林说什么。总不能说,"不找出人来,我帮你出的书就统统收回、销毁"吧?小林心想,出全集肯定是没指望了。

总算把高总哄到了医院。抬头看见是医院,高总亦无异议,没有抗拒就这么被架进去了。然后是挂号看急诊。缝合伤口时高总大概为了表示一贯的个性,坚决不肯打麻药。

"多大的事情,"他说,"关云长还刮骨疗毒呢,你们就把我当关公待!"

事后老夏分析说,高总是害怕打了麻药损害脑神经,变成弱智。

彼时粗中有细的南方人高总被小林、老许、老梁、助理四人按住身体,疼得吱哇乱叫,眼泪水哗哗而下,但这会儿再上麻药为时已晚。终于缝完了,高总对帮他包扎的小护士说:"你们什么时候下班?"护士不解,高总接着说道:"你晚点下班,马上还要来一个。"

护士翻了高总一个大白眼,就走到一边去了。她当然无法理解高总的幽默。但小林知道这件事还没有了结。

3

终于把高总弄到了他入住的酒店里,进了酒店客房。高总助理留下,照顾老板。小林、老许、老梁则和老夏、老水会合,去了附近夜市的一家烧烤摊,宵夜同时复盘。老夏的总结是高总该挨揍,太讨厌了,如果光头不出手没准他夏某也翻了。当然了,他也不会翻,这不都是看小林的面子吗?总之,大家压抑了一晚的情绪发泄出来,把高总骂了个体无完肤。然后老夏转向小林,问了他一个问题:下面怎么说?

是啊,下面怎么说?

在酒店房间的时候,脑袋上缠着纱布像顶着一朵蘑菇云的高总对小林、老许说:"晚上我还要和女儿视频,这他妈的怎么视啊!"

他提出一个方案,就是把光头找到,让他也用酒瓶砸一下,然后去医院包扎,完了两人一起和女儿视频。小林听出了高总和解的意思,但为何要两个伤员一道和他女儿视频,还是难以理解。

"这都不明白?"高总满脸不屑,"我他妈的意思是要告诉我女儿,爸爸没有吃亏……你们赶紧去找,把这哥儿们给我领过来,顺便带一瓶啤酒上来,我就在房间里等。"

小林计算了一下时间。当时已是深夜十一点了，等把光头找到（如果可以找到），再让高总砸一下（如果光头乐意），再送往医院包扎，再来酒店，得到什么时候了？所以他非常务实地问了句："你女儿不睡觉吗？"

"这你他妈的就别管了。"高总说，"我女儿睡觉了就把她喊起来，看着我砸，现场直播！"

"什么女儿，"老夏喝了一大口啤酒说，"他肯定是要和老婆视频，南方人怕老婆。"

"他也配当南方人？"老水说。

说来说去，问题的关键还是得找到光头。但他是谁啊？谁的朋友，又是谁领过来的？在场的几位一对，竟没有一个人能说得清楚。老夏只知道那家伙有一身蛮力，可能是个练家子。老水证明，把光头推上二楼的时候他吃奶的劲都用上了。但无论老夏还是老水，都不知道光头后来去了哪里。

实际上在来的路上，小林一直都在打电话，挨个询问今晚参加饭局的朋友，包括朋友的朋友，没有一个人认识光头。光头的来路暂且不论，眼下需要应付的是高总（他还在酒店里等着呢）。小林说："那我只有实话实说,告诉高总没人认识光头,不知道他去了哪里。"在座的群起而攻之:"你以为姓高的会相信?一听就是推托之辞,耍无赖嘛。""小林,反正这件事落实在你身上了,高总是为你的事受伤的,你就看着办吧。""没准他觉得你这哥儿们讲义气,放你一马。""要不然你替光头挨一下,让人家消消气,也说得过去了。"

一帮人幸灾乐祸,把小林当成下酒菜了。后者虽不以为意,但还是受到了影响,心里越来越焦虑。恰在这时高总助理的电话打了过来。还没等对方开口,小林就说:"人没有找到。"高总助理不接这个茬,就像是光头已经被找到了,或者他们找到光头是件轻而易举的事。他直接越过寻找光头这一节,跳到了找到光头后该如何处理。"让他也挨一下,高总那是说的气话。"助理说,"我们咨询了公司律师,缝了十四针,完全可以判个故意伤害罪,坐三年牢都是有可能的,出来后单位还要开除……"

"人没有找到。"

"这哥儿们虽然不上路子,但也不至于毁了他一生,高总一向与人为善……"

最后助理报出一个数字,十万,十万元税后私了。

税后大概是助理的口误（职业所致）。总之只要小林把十万元人民币打到高总的私人账户上，这事儿也就完了。

"十、十万，"小林说，"我没钱……穷……"

老夏突然伸出手，抢下小林的手机说："行行行，没问题，你把高总的银行信息发过来。"将手机交还小林，他这才又坐踏实了，捡起刚才放下的烤串继续撕咬。

"我、我没钱……"

老夏就像没听见一样，端起啤酒杯和在座的一一相碰，到了小林这儿他停下说："能用钱解决的事就不算个事儿，你就烧高香吧！"

在老夏的主导下，除小林外的四人每人出资两万五，当时就通过微信转给了小林。等待账号期间，一帮人又开始妄议高总。老夏说，肯定是高总和老婆商量了，这是他老婆的主意。老水说，也许高总不是南方人，而他老婆是南方人。老许打圆场，说南方女人比南方男人还要精明，不能吃亏。老梁补刀，说在南方女人看来，老公挨了一下就进账十万块，简直就是白赚了。然后，高总的账号就到了，十万元人民币在小林这儿存在了不足十分钟就又消失不见了。如梦似幻。

小林现在的问题是,这惊鸿一瞥的十万元该如何还上?老夏代表老水、老许、老梁说不用还,小林自然不同意。老夏又说,等你有钱了再说。小林问,我什么时候才能有钱?老夏说,等你这本书卖了就有钱了。这就把事情引向了稿费。

"又不是什么畅销书。"小林说,"按照现在的印数,版税我也就能拿六千多,连一万都不到。"

"那就等你这本书大卖!"老夏说着举起了酒杯。

老水、老许、老梁响应,小林随众,也举起了杯子。五个人将啤酒杯高举过头顶,碰得叮当乱响,喊成一条声:"大卖!大卖!大卖!大卖!"

烧烤摊上的几对小情侣受到了惊吓,不禁侧目而视。

4

托老夏他们的吉言,小林的小说集果然"大卖"。首印四千,之后一再加印,一万、两万、四万,到六万以后印数再也上不去了。小林所得稿费比预计翻了有二十倍,扣税以后正好十万元,就好像大卖只是为了让他偿还债务,欠债一旦还清印数马上止步于此。

小林也曾怀疑,是否老夏他们联手买了自己的书?一来此事难以追究;二来,就算能查出真相,也不可能让他们把书退回去,或者自己再花钱买下那些书……总而言之,小林又回到了起点,出了书就像没出一样,大卖了就像一本没有卖出一样——这是就收益而论。就名气而论,这一番折腾还是有意义的,现在他好歹也算是一个著名作家了,以后再出书再卖书多少会方便一些。他甚至计划就此事的曲折和荒谬写一本书,这本书如果可以出版,无论大卖或者不大卖,所得稿费无论十万还是五千,都完完全全是属于他的。写作这碗饭终于有了眉目。等他真的成了大名,财源滚滚,再报答老夏他们也不晚……

小林一方面无债一身轻,一方面想象着不无希望的未来,正以此宽慰自己的时候接到一个电话。是一个女人打来的。这一次小林马上就听出是谁了,毕竟相隔的时间不长。

花姐首先祝贺小林的书大卖。后者最近养成了临睡前喝几口的习惯,因此呷了一口瓶中酒(一个人喝,不需要杯子)笑纳了。

接着花姐说:"我就知道会大卖。"小林仍未深究。

直到她说:"那天是不是出血了?"

"什么?哪天,出什么血?"

"就是你的书首发那天哦,你们饭局上是不是出血了?"

小林警觉起来,问:"你是怎么知道的?"

花姐不答,用一种说不上来,既轻描淡写又不乏温柔同时阴森莫测耳语般的语调说:"我们剧组里有一种说法,只要出血就会大卖,钱得见血……"

她果然干过演员。从脖子到耳根,小林的鸡皮疙瘩又起来了。他听见自己说:"你是怎么知道的?你怎么可能知道。"

"人是我让过去的,我怎么不知道?"花姐说,"他是我现在的男朋友,也想让你见见。"

"为什么啊?"

"为了让你的书大卖。"

"为什么啊,为什么要大卖?"

"这你都不明白,"对方迟疑了一下,"因为我还爱你。"

"你再说一遍。"

"我爱你。"

于是我们的故事最后就落在了这三个令人动容的汉字上了。

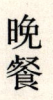

晚餐

他们坐在桌子边上吃一顿晚餐，桌上却有三副餐具。

他们是两个人，一对夫妇。剩下的那副餐具整齐地摆放在桌子的一面，始终没有人前来。

无非是一只瓷碗，一双筷子，和一只放在瓷碗里的汤匙。碗和汤匙都是白瓷制品，釉面反射出洁净的亮光，不是一般的亮，静静地、坚定地，就像餐厅里的光照来源。

餐具后面桌子那一侧，放着一把空椅子，椅子靠背高度在桌面水平以上。再往后，就到了餐厅深处，最后是墙壁。阴影从墙脚升起，直到整面高墙。墙上悬挂着一幅人像照片，镜框是黑色的。或者，并不是黑色的，只是颜色较深，处在阴暗中，看上去就像遗像。那的确就是遗像。

毋庸讳言，那是女主人前夫的照片，照片上的人是这套房子以前的男主人（目前我们尚看不清他的表情）。镜框里的照片、餐桌边的空椅子以及桌上闲置的餐具，三点一线，加固了某种印象。一种存在，既空虚又沉重，阴郁，却透露出噬人的忧伤……

丈夫（现任）和他的妻子在这样的氛围里吃每天的晚餐已经二十年了。

开始的时候他很不习惯，每次吃饭都发出很大的声响，说个没完没了。似乎在驱散什么，压制住什么。后来，他越说越少，以至于无言，吃饭不说话在他也有十多年了。

他不说话，妻子也不说话。他们吃饭的速度其实很快，比一般家庭进餐用时更少，但每次都像度过了漫长的一生。终于吃完，他随即从餐桌边站起，走出餐厅，甚至走出这套房子，去楼道里抽一支香烟。他抽烟就像重新获得了呼吸，如此深沉地一口，接一口……抽完那支烟这才又返回餐厅，帮着妻子将残羹剩饭收拾进厨房。

除了纯粹地进食他从不在餐桌边逗留。

今天很反常，从开始吃饭妻子就拿眼睛瞅他。眼睛的余光虽瞥不见她的视线，但她的眼镜镜片始终在向他发送闪烁的信息。他不予理会,她竟然开口问他:"粉蒸排骨做得咋样?是不是排骨腌的时间不够……"她竟然开口了,他也只好发出一些声音,嗯嗯或者哼哼了两声。妻子不依不饶,问他为什么不说话。"这话说的,"他在心里说,"就像我们每天吃晚饭都说话一样,说话才正常,不说话才古怪!"

嘴上,他仍然嗯嗯地敷衍妻子。后者这时不知从何处摸出了一瓶啤酒、两只玻璃杯,并用牙去咬啤酒瓶瓶盖。啪啦一声脆响,瓶盖落在了餐桌钢化玻璃的桌面上。他们晚餐时从不喝酒,所以家里没有备任何开瓶工具,用牙咬瓶盖实属无奈,但想起她那一口假牙他还是暗自吃惊。

妻子给他和自己倒了啤酒,拿起玻璃杯在另一只杯子上碰了一下,然后她就一口干了。其熟练程度犹如套路,就像他们每天晚餐时都小酌一样。有什么地方不对,他在想,是不是缺少一只杯子?这个念头一起,随即他就看见了第三只玻璃杯,和那副闲置的餐具摆放在一起,像是变魔术似的出现在应该出现的地方。"这……"他说了一个字,立刻打住了,听上去和嗯嗯或者哼哼也没有什么两样。

妻子又满饮了一杯啤酒,对他说:"你为什么不喝?"又说:"干了,干了!"他还是不动,甚至更加沉寂。面对妻子的怪异行为,他觉得墙上的那位似乎比自己更活跃一些。阴影里有不无兴奋的目光射来,折射在那只空碗和空玻璃杯上。

"我就要死了,你就不能说句话吗?"

他在心里反驳:"这不是说话的地方,我们吃晚饭的时候不说话已经十几年了……"

还没有嘀咕完,做妻子的端起他前面的啤酒就泼了过来。一整杯啤酒,一点都没有浪费,全部倒在了他身上。他惊叫一声,湿淋淋地站起。"你这是要干什么?"他预备妻子会有进一步的过激行为,但是没有。

她笑盈盈地说:"你终于说话啦,哈哈。"

"说就说,有什么大不了的。"

"说了就好,就好……"

她就像换了一个人,拿过桌上的抽纸,嗖嗖嗖地一张接一张地连抽几十张,几乎把那盒抽纸都抽空了。帮他擦揩的同时她问,要不要去洗一个澡,换一身衣服再来吃?他摇头拒绝了。妻子再一次劝说未果,于是起身跑出餐厅拧了一条热毛巾回来,仔仔细细地擦他的脸和脖子。毛巾翻面后,伸进他的衣领里继续擦。

动作温柔有力,他觉得非常受用。

"你为什么不说话?"她边擦边说。

在此情形下他不便辩解说那是自然形成的。更不好说"你不说话我才不说话的"。看来只有实话实说了。

"真要我说原因?"

"你说。"

"那还不是因为他!"

说着他向右手那副闲置的餐具瞟了一眼。妻子更直接,转头就去看餐厅深处墙上的那幅照片。之后,慢慢地转过脸,看定他的眼睛,"仁科,"——这是他的大名,"别忘了我们婚前有协议。"

他看着她,那张脸上他迷恋的青春已荡然无存,仿佛写着那份协议。笑容收敛以后,有关的文字便暴露出来,历历在目。他念道:"必须允许女方在家里悬挂前夫的照片。男方不得以任何公务为借口,每天必须回家和女方共进晚餐。晚餐进行时不得看电视、读报或者接电话。不得在家里抽烟,不得酗酒……"

"记得就好。"妻子打断他,表情松弛下来,合上了那份文件。"不过今天的情况特殊,有什么委屈你尽管说好了……他也在。"

"是吧。"然后他就说开了,因为确有委屈。而且,这不完全是两个人之间的事,涉及墙上挂着的那位。虽然他并不确信有鬼魂存在,但为厘清若干关系必须想象他的确存在。"他也在"是他诉说的一个前提。

"还有啤酒吗?"

"有。"妻子弯腰从桌下又摸出两瓶啤酒,咔吧咔吧咬开瓶盖,将其中的一瓶推过来。玻璃桌面发出吱的一声。

他拿过啤酒,给自己倒上,又伸手过去倒满了右手的那只空杯子。妻子显然很欣慰,咯咯地笑出了声音。就像他和他已经和解了,现任和前夫和解了,就有这么高兴,就是这种欣慰。她边笑边往那只空碗里夹菜,这是第一次,那只空碗不再是一只空碗,各种菜肴堆成了一个小山尖,把里面的白瓷汤匙埋住了。

我和她——暂且就把你称为她吧,这样叙述起来比较客观。

我和她不说是青梅竹马,也算是两小无猜。我们读中学的时候就开始谈。虽说连手都没有碰过,但那的的确确是最纯真的爱情,比成人建立在性交基础上的苟合要纯真多了,不是闹着玩的。也许开始时有胡闹的成分,像其他中学恋情一样,但双方父母加上校方出面阻击，就弄假成真了，不真也得真。

阻击空前惨烈，大概因为她是尖子生吧，父母又是知识分子。我则是著名的落后生，已经开始混社会了。两个极端，竟打算同流合污，这还了得？她妈把状告到了学校，学校又告状到我家，我爸把我摁在长板凳上揍了个半死——那时候还有长板凳，我爸又是码头上的搬运工，结果可想而知。但这并阻止不了我们，反倒激起了搬运工儿子的斗志，这斗志又被我转化为更为强烈的爱……

对方家长于是改变策略，她爸连班都不上了，每天开车接送她上学、放学。我就跟着她爸的车跑，能跑下去两三公里。那车越来越远，但直到他们家住的那栋楼的楼下都没有脱离我的视线。之后，我就站在她家楼下的马路对面喘气，她就撩开楼上房间的窗帘，从窗户后面看我。我的耐力和心气儿就是那时候锻炼出来的。

让我绝望的是，后来她转学了。我刚摸清她转过去的那所学校，他们家就搬走了，彻底搬离了这座城市。我打听不到她的下落，见不到她人影，于是决定自杀。这自杀和恋爱一样，开始的时候半真半假，绝对有表演的成分，但事到临头就变成真的了。其实我也只是想吓唬一下周围的人(校方、我的父母)，也好给这事儿的结局一个起码的解释，挽回一点面子。但却是真用刀割，割自己的手腕，右手持刀割左手手腕。流血也是真流。不像想象的那样动脉血一喷而出，但也流了一大摊，右手就没劲儿了。

我爸把我扛到医院去抢救。我妈洗了床单，把下面被血浸透的褥子给扔了。这件事就像没发生过一样。但我对自己说："我为这女的自杀过一次。"后来，很多年以后，这句话就变成了"我曾经为她自杀过"。她不仅是我的初恋，也是我曾经愿为之而死的女人。

再次见到她是十三年以后，中学同班聚会，忘记是谁闲得蛋疼牵的头。她居然出现了。我们旧情复燃，真是难以想象，party还没有结束我们就决定结婚了。当即宣布，直接把此次活动推向了高潮。大伙儿轮番祝贺我们，几乎把酒杯都碰破了。丁零咣啷我铆足了劲，真的碰破了几只杯子，红酒和鲜血混合在一起，滋味难以言喻啊！

如果你认为我那是发酒疯，那就错得离谱了。实际上我机灵得很，喝醉以前早就把她后来的情况摸得一清二楚。简单地说就是，她出过国，又回来了，结了婚，老公得病死了。并且他们没有小孩。

我的情况自然也没有对她隐瞒。这么多年下来也算是事业有成，开了自己的公司。私生活方面我也没闲着，早就不是什么处男了。但在精神层面我仍然和以前一样纯洁，犹如处男。她不信，让我证明，我就说："就说我目前的女朋友吧，在一起同居也有五六年了，创业的时候她就跟着我，但我们一直没结婚。"她说证明得还不够，我又说："明天我就和她分手，然后和你结婚！"

就这样，跟了我六年的女朋友，我想都没想就辞掉了。而再一次见到她不到两小时，我们就已经谈婚论嫁了。还需要怎么证明呢？

当然，我也不是刻薄寡恩的人。我把公司的股份转让了百分之二十给我女朋友。她也深明大义，没有任何留恋，带着那百分之二十就离开了。并且抢在我结婚以前把自己嫁出去了。大概也是我这头久等无望，或者想证明给我看。我们都想证明什么，不同的是我想证明我爱她，非她不娶；女朋友想证明的是，自己并不爱我，随便什么人都可以嫁。

一切障碍扫除，但她也不是一个鲁莽的人，聚会后的第二天约我喝茶，于是就有了这婚前协议。事已至此我能不同意吗？能不在那张纸上签名吗？就算她提出在家里供奉前夫的牌位每天烧香,我也只能答应。就算她要求在我们新婚的床上放三个枕头加一床被子,我也不可能拒绝。但,对我来说这实在是有欠公道,我能不觉得委屈吗?

妻子已经泣不成声。这会儿收泪道:"你……你真的为我自杀过?"

丈夫说:"真的假不了。"他伸过去左手,右手撸起左手的袖子,扒开手腕上硕大的蜜蜡念珠,一道扭曲的疤痕暴露出来。

妻子抚摸着那疤痕:"你怎么不早告诉我呀。"

"我怎么告诉你?你们家搬走了,又没人知道你们去了哪里……"

"好啦,好啦,"她安抚他说,"后来我们不是在一起了吗……你为什么会觉得不公平?"

"你还不明白?"他几乎生气了。"就算从我割腕算起,到现在我们多少年了?整整三十三年!你和他在一起才多少年?前后不过三年,是我们的十分之一还不到!我、我、我才是你感情生活的主旋律。你看这事儿弄的,就好像我是你们的一个插曲,要说插曲,他才是插曲啊!"

说最后一句时,他端起杯子在右手的那杯啤酒杯子上碰了一下,似乎真有目光在白瓷碗上一闪。顺着那杯啤酒和瓷碗,他继续看向餐厅深处,看向墙上的照片,就像是把那人给逼了回去。

"不懂。"妻子说。

"这就像你们过了一辈子,然后你老死了,我是你老婆跳广场舞的时候搭识的舞伴,被她弄到家里当老伴儿来了。"这话他显然不是对妻子说的。

做妻子的不免惊悚起来,说:"你别神神叨叨的。"

"不是三个人敞开来说吗,那就把话说清楚,凡事都有个先来后到,真是的!"

"行了,行了。"

但这时他已经完全刹不住了。"你说我能不压抑吗,二十年啊,我比上门女婿还要压抑,来到你家,天天要看你脸色,你他妈的还不说话,要多阴有多阴,就这么盯着我们看。她把你高高地供在墙头上,像个祖宗似的,你到底是她什么人啊,我都不敢带人到家里来,更别说请合作方来家赴家宴了。我认你是我亲爹好不好?你就是我爹,我是你儿子,是你孙子……"

"越说越不像话了!"妻子终于忍无可忍,用力拍了几下桌子。趁他稍稍分神之际,她说:"你压抑,难道我不压抑吗？我比你还要压抑一千倍，一万倍！"

"什么，你也压抑？"他丢开墙上的那位，转向妻子，似乎有些吃惊。

"是，我压抑，一点也不亚于你压抑。我问你，这辈子你是不是只爱过我一个？"

"是啊，这还用说……"

"除了我你没有爱过任何别的女人？"

"没错。"

"对我以外的女人从没有动过心，哪怕是想着玩儿的，比如在大街上看见一个漂亮姑娘，或者喜欢某个电影女明星？"

"没有，都没有。"

"你、你、你就是个变态！有你这样的吗，谁他妈的能受得了你这样的爱？你他妈的不是变态就是虚伪，伪君子！但我还是比较倾向你是一个变态！"

丈夫愕然。他万万没有想到，她也压抑，而且她的压抑和他的压抑并非出于同样的原因。但二者之间似乎又有些联系。正蹙眉思考的时候，妻子再一次用啤酒泼了他。这回他有了经验，惊了一下后随即端坐不动，酒水带着不断破灭的泡沫顺着他花白的头发和眉梢向下滴落，足足滴了五分钟。

三个月后,妻子因病逝世。想起那次餐桌边的谈话,他意识到那会儿她已经知道自己得了不治之症,没准就是那天确诊的。她从医院回家,特地做了他爱吃的粉蒸排骨……

从殡仪馆回来,他在客厅的长沙发上一直躺到天黑。睁开眼睛,四周已是漆黑一片。他打开房间里所有的灯,餐桌光可鉴人,上面什么都没有,别说是三副餐具,连一副餐具都没有。厨房里的冷光射入餐厅(他们家的餐厅和客厅是连着的),那个方向全无动静。这时,他注意到墙上悬挂的她前夫的照片,心想,已经没有必要了吧?架椅叠凳地爬上去,将前夫连同镜框取了下来。之后,他点了外卖,特地叫了一份火锅。火锅吃起来热闹,哪怕只是一个人。他是这么想的。

吃火锅的时候他心里空落落的,总是不自觉地去瞥镜框取下后的那面墙。前夫阴沉的模样虽然从墙上消失了,但那儿有一块明显的痕迹,四四方方一大块,比周围的墙面更白亮。越看他越觉得别扭,丢下热气腾腾的火锅他出门乘电梯去了负一层车库,从汽车后备厢里拿上妻子的遗像(开追悼会时所用),再乘电梯上行。再一次爬高上低把它(她)挂了上去。妻子在墙上冲他微微而笑,的确好受多了。

顺便，他也给妻子添了一副餐具。

日子就这么过着。他几乎每天叫外卖，偶尔也下厨房，给自己炒一个蛋炒饭或者下一碗面。独自享用晚餐，桌上却总有两副餐具。有时也喝点啤酒或者红酒，自言自语几句，也可能是在对妻子说话吧。他已经懒得分辨了。总而言之他开始品尝到一个人生活的乐趣，孤独、晚境、回忆……况且他无儿无女一身轻，没有牵挂，也身体健康，没有任何财务问题。

女朋友给他打电话的时候他根本没当回事，聊两句就聊两句吧，喝个茶就喝个茶吧。对她的现状他表达了应有而适当的关心。她亦然，知道他老婆死了，"否则，我也不会联系你，那不是给你添乱吗？"

"那你呢？"

"早离了，结婚没两年就离了，我儿子都上大学了……可惜，儿子的爸爸不是你。"

他没敢接茬。

女朋友终于提出想和他一起生活。"名分不名分的不重要，我们可以像以前那样。"她在微信上说，"仁科，我爱你，这辈子我只爱过一个人，就是你仁科！"

想起妻子说的，这样的人是变态，他回了个作揖的表情没说任何话。

再一次联系却是他主动。一周以后他给她发去一份婚前协议,是以妻子给他的协议为模板,在那基础上修改而成的。

> 必须允许男方在家里悬挂前妻的照片。女方不得以任何公务为借口,每天必须回家和男方共进晚餐。晚餐进行时不得看电视、玩手机或者接电话。不得在家里抽烟,不得酗酒……

她回了微信:"为什么要这样?"
他回答:"这一生我只爱过一个人,和你一样,我们是同类。"

临窗一杯酒

岳父突然病倒，齐林和玫玫立刻赶往内地小城市宝曰，住进医院附近的一家酒店。这家酒店无星级，但标准并不算低，主要是地处僻静。每天早上，他俩下一个大坡，穿过一条主干道就进入了医院所属区域。在马路对面的包子铺里买早餐，自然是包子，两人边啃包子边用吸管吸着袋装豆浆向住院部大楼走去。每次玫玫都会带一袋包子给岳母。"我吃过了。"岳母说，"医院的早餐你爸动都没动，我替他吃了。"

午饭在一家饺子馆解决。玫玫照例会打包一份带给岳母。她老人家说："早上的包子还没动呢，净乱花钱！"玫玫就像没听见。晚上他们来到商业区，找一家餐馆吃一顿好的。玫玫仍然会打包，和齐林一道披着小城夜色返回医院，将打包的饭菜递到岳母手上这才离开。临走，齐林会俯向病床握着岳父绵软无力的手道别："睡一觉，明天一定会比今天好。"

"我肚子胀。"岳父说。

"要不我扶您上一趟厕所再睡？"

岳父并没有起来上厕所，在齐林的安抚下就像睡着了。

这时租床的人夹抱着几张简陋的折叠床进来了。一张这样的床加上被褥十元钱一晚。岳母忙着付钱租床。玫玫再一次建议他们换岳母陪夜，后者坚决不同意。"你们赶紧走，马上就熄灯了。"果然，病房顶上的照明灯一下就熄灭了。病房的门开着，走廊上的灯光照射进来，病患家属以及护工忙于睡前准备，偌大的病房里影影绰绰的。齐林和玫玫退行至走廊，转身，找电梯下去。陆续有拿着脸盆找地方洗漱的人从身后赶超过去……

白天的情形更令人担忧。探视的人不断，发小卡片卖病号饭的在病房里窜来窜去。门大敞着，有人在等电梯的时候抽烟，烟气一直飘到了病房里，不免勾起了齐林抽烟的欲望。出于教养或者只是习惯，他必须乘电梯下去走到大楼外面去抽，事情于是变得颇为复杂。电梯前面总是等着一堆人，好不容易来了一部电梯有时还挤不进去。如此一来客观上限制了齐林的吸烟量,每天上下午各两次,他下楼抽烟,感觉上就像放风。

玫玫克服无聊的办法是去购物。他们在酒店的生活需要打理,从晾衣架、拖鞋到卷纸、抽纸玫玫买了一堆。再就是岳父的枕头、内衣、袜子、睡帽、收音机,岳母的枕头、被褥以及四季衣服也都买全了。岳母说:"你买羽绒服干吗,我又不会住一辈子。"

"这不以前没机会买吗。你试试看,不合适我再去换。"

"我家里有的是衣服……"

"这就是买给你带回去穿的。"

"净乱花钱,你爸生这病又不能全报……"

"知道啦,知道啦!"

岳母则二十四小时全天候待在病房里,似乎这样可以换回岳父的康复。她坐功了得,齐林、玫玫完全比不了。偶尔清净,岳母便会和其他病人家属唠家常,医生、护士更是她的搭话对象。就像她仍然是在工厂的家属院里,这些人是她的上下楼邻居。岳母对病房内外的情况了如指掌,齐林、玫玫一进门便迫不及待地向他们转述。声音洪亮,也不避人,说起五床那个老头，不仅器官病变还患有老年痴呆症，一不留神就会自己收拾行李溜走。岳母议论的时候老头正在病床上酣睡，老头的儿子坐在床沿上压着被子在玩手机，床头挂着一块牌子"防走失"。齐林觉得很有趣，用手机拍了几张照片，除此之外他就不知道干什么了。

当然，齐林自有他的作用。现在岳父病倒了，他就成了这家里唯一的男人。他想起"孤儿寡母"这个词，却没有深究孤儿是谁，寡母又指谁，只是觉得自己责任重大，稳定军心是他首要的任务。每天至少有十二小时和玫玫单独相处，齐林有充裕的时间安抚妻子。岳父由于虚弱，变得格外顺从，况且他不指望女婿又能指望谁？齐林和岳父说话时挨得更近，不仅握手还要加以抚摩。他知道病人尤其敏感，怕人嫌弃。一次岳母去隔壁病房串门，岳父突然便急，齐林没有去叫岳母，而是亲手将便盆塞入岳父身下，完了按他观摩多次的岳母的方式帮岳父擦拭、清洗，换上纸尿裤。

对付岳母，齐林也有一套，每过一两天他就会找她私下交谈一次。既是私下交谈就不能在病房里，那儿人多口杂，况且虽然岳父病情加重已不能下床，但人始终是清醒的，甚至更加清醒或者敏感了。病房里只适合谈论张长李短。齐林不免率先走出病房，然后站在走廊里向门内的岳母招手。后者会意，过了一会儿也出来了。两人不会在走廊里说话，而是一前一后穿过地道一般悠长的走廊，来到尽头处的一扇窗户前面。

"怎么说，怎么说？"岳母焦急地问。

齐林开始解释 CT 结果，谈论他和玫玫商量的计划。实际上每次齐林带来的都是不好的消息，但他总能从不利因素中找到有关的解决办法。齐林会说很多，意思无非一个：虽然出现了一些新情况，但一切都在他们或者说他的掌控之中。同时配合轻松、自信的表情，岳母禁不住频频点头。

岳父是因肺栓塞晕倒入院的，当时急需解决的问题是住院费用。就在那扇窗前，齐林拿出了一张存有十万元的银行卡，岳母不肯收下，说她打听过了，费用厂里一大半能报，而且又不会住多久。齐林说即使能报那也是以后的事，医院现在就得收钱，不会赊账……正争执不下，一道阳光破窗而入，照进不无阴暗的走廊，照在岳母的脸上，银行卡上的数字闪烁不已，放出光来。其实只是账号，在岳母看来也许是存款数额吧。她收起银行卡，一面说："那也行，我就帮你们存着吧。"

无论岳母会不会动用这笔钱,齐林知道对她都是一个安慰。老年人不花钱,但身边不能没有钱,尤其是现在这种特殊时期。

诊治肺栓过程中,岳父被发现肝腹部长了一个肿瘤,10×13厘米,十分巨大。也是在走廊尽头的这扇窗前,齐林向岳母解释事情的轻重缓急。肺栓是急,必须积极配合治疗,而肿瘤无论良性还是恶性显然已经存在很久了,是缓,那就需要用缓慢、缓和的办法解决。他说到中医。这中医和西医不同,由于治疗效果无法量化,所以充斥了江湖骗子。但好中医就像艺术家一样,像诗人一样,切脉、开方就像诗人写诗,他恰好认识这样一位中医……

岳母似懂非懂地听着。那天没有阳光,但从八楼的高度看出去视野不禁开阔。加上岳母很久没有走出过这栋大楼了,看着下面的停车场和医院围墙,她脸上的皱纹渐渐舒展开了。齐林拍了拍岳母的肩膀说:"坏事变好事,出院我们就去看中医,爸的身体的确需要整体调理一下了。"他知道不仅病人,老年人对身体接触也普遍敏感。

"阿弥陀佛,菩萨保佑。"

由于"孤儿寡母"的信任,深感欣慰的同时齐林也压力陡增。这种压力不是靠巧舌如簧就能解决的。也就是说他需要寻找更切实的医疗资源,需要托关系找人。

齐林是一位资深诗人,在诗歌写作圈里辈分很高,写诗的人没有不知道他的。齐林还知道,各行各业几乎所有的领域里都有诗人,从地方基层到首都北京莫不如此,想来小城市宝曰也不例外。于是他打了一个电话给西南地区的诗歌领袖。果不其然,对方一个电话打到宝曰,当地的诗歌圈立刻就有了反应。诗歌领袖(宝曰当地的)在一家酒楼设宴为齐林夫妇"接风",齐林对领袖老王说,他们已经来了一个星期了。"不妨碍。"老王说,"真没想到你是咱宝曰的女婿啊,荣幸,太荣幸了!"

那天包间里摆了两大桌,大概有二十多位诗人,男女老少各个行当的人都有。齐林挨个问过来,可惜没有医院的。但第二天上午,毛医生或者毛诗人就出现在岳父的病房里。消息经过一夜的传递,终于抵达了该去的地方,毛医生来拜访齐林了。"真没想到您是咱宝曰的女婿,就住在我们医院……"齐林更正说,"住院的是我岳父,我和老婆住酒店。""不妨碍。"毛医生说:"来了就好,我们太荣幸了!"

病房里只有一把椅子,毛医生当仁不让地坐上去,跷起二郎腿开始谈诗。正说得高兴毛医生突然站起,对齐林说:"你坐,你坐,怎么我坐着您倒站着……"看得出来,毛医生的角色认同有点混乱。作为医生他自然是病房里的老大,坐在那把椅子上理所当然,但作为诗人他的资历就太浅了。齐林也不谦让,但他并没有去坐椅子,而是请岳母坐上去。后者当然不答应。毛医生走过来帮忙,两个人一道硬是把岳母按在了椅子上。之后,毛医生继续向齐林讨教诗歌写作。岳母扭捏不安地坐着,听着半空中两人的高谈阔论。病房里的其他人也都不再说话,甚至岳父的呻吟也停止了。

他们是被一伙着装奇怪的人打断的。说奇怪也是这伙人簇拥着的那人比较奇怪,穿一件黄褐色的袈裟,身材出奇矮小,年纪大概有九十岁(长缩了?)。其他人皆为中老年妇女,背着黄色或褐色的布袋,和老和尚一样手里拿着念珠。一拥而入,岳母见状从椅子上跳起来,还没有站直就趴下身去,对着老和尚在水泥地上磕了三个头,这才掸掸灰再次站起。

岳母是居士齐林是知道的,想必老和尚就是她师父,其他人则是她"师兄"。"老苏,"岳母喊道,"师父来看你了!"岳父很清醒,只是比较虚弱,摇着那只没有打吊针的手说:"谢谢。"声音小得像蚊子。椅子上现在换上了老和尚,老和尚在说什么,也完全听不清楚。并且是方言,就算齐林听清了也不可能听懂。岳母来回翻译着两个人的交谈,声音分外洪亮。

"师父说,你要念佛,念佛了病才能好!"

一会儿岳母又对老和尚的耳朵喊:"皈依,老苏说他要皈依,他答应皈依了!"

师兄们欢呼起来,无不欢喜。

齐林始终盯着岳父的病容,并没看见岳父有什么表示。当岳母宣布他要皈依时,岳父也没有反对的意思。于是齐林又转过脸看玫玫,后者的脸上除了忧虑再也没有别的了。

不可能再聊诗。趁师兄们七手八脚准备皈依仪式,毛医生对齐林说:"要不去我办公室聊?"齐林欣然同意。走之前毛医生这才翻看了病历夹,招来护士询问一番给药情况,并嘱咐了岳父以及岳母几句。他又回复到医生的角色,举手投足间充满了专业人士的自信,虽说毛医生并不是收治岳父科室里的医生。

收治岳父的是心血管科,而毛医生是胃肠科的主任,也是主任医师。他的办公室在另一座大楼里,齐林每次去他那里聊诗终究不太方便。恰好岳父被诊断为原发性肝癌,齐林不免动起了转科室的念头。

"当务之急还是溶栓。"毛医生说,"有栓子无论做介入还是手术切除风险都太大了。溶栓嘛,也就是那几招,我们也都做过……"他按下不表,继而说起自己的行医经历,无论是心血管科还是肝病专科或者肿瘤科他都是待过的。又说起,现在人生的病都异常复杂,如此分科其实并不科学,无论你在哪一个科,最后确定治疗方案还是需要各方面的专家会诊。齐林接过毛医生的话茬说:"那还不如转到你这儿来呢。""好啊,好啊,太好了。"毛医生说,"这可不是我说的哈,是家属要求,但我还是感到非常荣幸!"之后,毛医生才谈起了转入胃肠科的种种好处。

"各方面咱们都能照顾得到……"这是其一。其二,"现在这个肿瘤虽然长在肝部,但从 B 超看应该是外生性的,和肝脏的连接有限,倒是和胆囊、十二指肠纠缠在一起,也算专业对口。"其三,"我这里有一间单人病房,病人明天出院,可以留给你岳父。"其四毛医生没有说出来,就是他们聊诗更方便了。

齐林最感兴趣的其实是第三点。你想呀,整天待在那间六人病房里，各色人等进出，连和尚都跑过来了，加上病人不断更换，鬼喊鬼叫地抬进来，悄无声息地拉出去……就是没病的人也得生病。单人病房是卧床休养的必要条件，而卧床几乎是治愈所有疾病的首要前提。

在走廊尽头的那扇窗前，齐林向岳母重点阐述的就是第三点，关于岳父被诊断为肝癌的事则轻描淡写带过。自然他也说了，主要是应对办法。"现在不比当年，对付癌症可以靶向用药，有各种各样的靶向特效药。"他说，话锋一转，"但现在的当务之急还是治肺栓，栓子不化就不能全麻，不能全麻就不能手术，而溶栓除了继续抗凝最重要的还是休养……"

那天起风，经八楼上的风一吹，岳母呼出一口长气。她问："这是毛医生说的？"

"是呀，是毛主任说的，毛医生是胃肠科主任。"

此时此地，医生在岳母心目中的地位可想而知，主任医生就更不用说。况且岳母目睹过毛主任对齐林，也就是自己女婿的崇敬之情，那就他咋说就咋是吧。岳母点头。"那我们现在就搬吧。"齐林说，"您今天晚上也可以睡一个好觉了。"

单人病房里的确只有一张病床，此外还有一张会客用的小型长沙发。这以后每天晚上岳母就睡在沙发上。玫玫给父母买的东西也有地方放了，大包小袋地码放在墙边，阳台上的柜子里也放了一些——还有阳台，阳台上还有柜子，柜子上有盆栽植物。卫生间也是单独的，在病房里面。这间病房竟然有了家的感觉。齐林和玫玫也能待得住了。当然，齐林最主要的任务还是和毛医生沟通，后者的办公室就在护士站旁边，和他们"家"隔了五六间病房。那些病房一概都是多床位的……

毛医生的办公室对齐林二十四小时开放，无论毛医生在办公室或是不在。毛医生有手术或者开会的时候，会交代护士给齐林开门。如果他在则随时放下手上的工作，接待齐林，沏茶、递烟。后者对齐林来说太及时了，现在他烟瘾发作再也不必挤电梯去大楼外面，来毛医生的办公室就可以。

毛医生本人不吸烟，但他那儿有病患家属送的整条香烟，齐林只需要带上打火机。烟雾缭绕中，两个人有说不完的话。在毛医生，主要是向齐林讨教写诗的窍门，而齐林对毛医生的专业更感兴趣。不同的话题于是便互为因果，也能做到并行不悖。如果毛医生想多了解一些诗歌、写作方面的事，首先需要回答齐林医学专业的问题。齐林如果想多了解一些岳父的病况，也总是以谈论诗歌或艺术开道。搞得就像交换一样。也的确是一种交换，精神层面的交流互换，两个人都乐在其中。

就是在这间办公室里，毛医生向齐林展示了岳父肿瘤的彩色三维重建。各脏器包括肿瘤皆以纯色标出，艳丽无比。其中岳父的肿瘤是黄色的，尤其醒目，并且十分巨大，体积超过了心肝肠胃以及周边的所有器官。蓝、绿、红、紫拥挤、缠绕着一大团灿烂的黄色。齐林的第一反应不是恐惧，是艳羡，真是太漂亮了，视觉冲击太强烈了。他对毛医生说，这是任何艺术家都画不出来的。又说，如果喷绘打印一张拿到艺术展上展出，肯定是最前卫的艺术作品。

毛医生说："如果你喜欢那我就打印，你可以挂在家里做个纪念。"

"不行，不行。"齐林说，"我老婆和岳母看了会难过。"

"那就换一张，这样的三维彩图我电脑里有很多。"

齐林把话题引向诗歌："不过，你倒是可以写一首诗。"

"啊，这怎么写？"

齐林告诉毛医生，诗人必须从自己的专业中汲取灵感，从自己的经验、所学和擅长的东西中。如此写出来的诗才会具有个性和辨识度，对一个自觉的诗人而言太重要了。

"那我试试看。"毛医生说。

这之后，他们才开始根据此图讨论岳父的病况。肿瘤发展的确太快了，刚入院的时候十三厘米，两周不到已经快十七厘米了。"这么大的肿瘤介入效果有限，"毛医生说，"看来只有手术。"由此他们谈到主刀的医生。"在我们这小医院里，我这样的技术已经到顶了，但本人擅长的是肛肠，比如做个造瘘什么的……"

"你的意思是？"

"按道理应该转到大医院去，那样一来又得排队，所有的检查、诊断都需要重新再来，岳父现在这情况也拖不起呀。"

齐林表示同意。一想到一切都得从零开始他就头皮发麻。难道又要寻找诗人医生或者医生诗人吗？幸好毛医生另有方案。"也许，"他说，"我们可以把高手请过来做。"

"可以吗？"

"当然可以，一个红包三到五万。"

"你能请得到吗？"

"请得到。我在这个圈里的人脉虽然比不了你在诗歌圈的人脉，但也差不了太多。"

"你怎么不早说啊。"

"有些事我们不好主动，你懂的。我巴不得你们能留下来不走呢！"

继而毛医生才谈到他不能亲自手术的真正原因："我们一般不会给家里人开刀，外科手术需要绝对冷静，给家里人开刀会受情绪影响。齐兄，你现在就是我家里人啊，你岳父就是我岳父！"

齐林大为感动。不过他也想了一下，如果毛医生提出由他主刀，自己会同意吗？他对毛医生医术的信任毕竟不如对方对他诗歌方面的信任。齐林觉得自己还是会同意的，他实在不愿意再折腾了。

计议已定，之后便是分头准备。齐林的任务是说服岳母、玫玫。基于母女俩对他无条件的信任，几乎没有难度。毛医生则着手联系省内肝脏手术的第一把刀，对方原则同意，但说要看时机，让毛医生把岳父的病历、资料都传过去了。

岳父继续抗凝治疗，争取在手术前把栓子化掉，手术前至少一周就得停药。还得补充蛋白，调节肝功能，除了没日没夜地输液岳父被要求尽可能多地进食。岳母拿着小勺子像哄小孩一样地喂岳父，后者皱眉、推挡，由于两只手都在输液实际上并无推挡的工具，只是把头偏过去。"我饱了，饱了。"岳父说，"肚子都要胀破了。"令他感到腹胀难忍的并非食物，而是那颗疯长不已的肿瘤，齐林实在不忍目睹。

各种检查更频繁了。有的检查在楼内做，有的需要去另一座大楼。岳父出行，或坐轮椅或躺平车，有时也直接将病床推行到走廊里，再进电梯，再出大楼，然后再进电梯……无论是哪种方式都很折腾。虽然医院里有专门推床的护工，但岳母还是一个顶俩，她异常积极和兴奋，大概是受到手术前景的鼓舞，总嫌在边上搭手的齐林、玫玫碍事。于是玫玫便跑到前面开门、清道，齐林落后，和毛医生同行，边聊诗歌边尾随而去。

岳父检查，无论做什么项目，毛医生只要没有手术都会陪同前往，不免兴师动众。病患家属三人，加上病人、毛医生以及推床护工，至少六人，再加专门开电梯的，几乎将医疗专用电梯塞满了。电梯里有时还会挤进几个搭便车的，镶嵌在病床四周，收腹挺胸就像挂在电梯厢上。但人再多，毛医生都一样旁若无人，他个子又高，伫立在岳父头顶上方滔滔不绝地谈诗。齐林不免尴尬，简单附和几句，其他人则默不作声。那电梯扶摇而上，或者呼啦直下，齐林有一种感觉，就像他们已经下去了毛医生的高谈阔论仍然悬浮在大楼上部，或者留在了电梯里。

出大楼后，外面正下小雨，岳母推着病床开始一路小跑。玫玫打开雨伞为岳父挡雨，也一路小跑。

"妈，你就不能慢一点，地不平，会颠着爸爸的。"

"你没看见下雨啊，你爸会着凉。"

"不是盖着被子吗？"

"脸没盖上。"

母女俩边争执边跑过了楼与楼之间的一片空地。齐林和毛医生则悠然漫步在小雨中，谈诗不止。毛医生并没有忘记指示方向，他冲前面喊："进了大楼往右拐，第三个房间！"岳母回顾："我晓得。"毛医生再次转过脸，接上刚才的话题问齐林："你说杨键是被低估的诗人，也不见得吧，我百度了一下，他获过不少奖。"

"他应该获诺贝尔文学奖。"

一时半会儿他们无法离开宝曰。玫玫开始到处看房子。

她看房子不是为了搬离酒店他们住，是属于岳父康复计划的一部分。手术以后，岳父岳母将离开医院，搬到租借的房子里去，这样定期复查会方便很多。岳父岳母所在的厂区距此七十公里，更没有像样的医院，万一病情恶化呢？再者，厂子里都是熟人，人来人往地探望、慰问不利于静养。得了癌症又不是什么光彩的事。在那栋租借的房子里，岳父可以一边静养一边进行靶向治疗，或者服用中药，直到癌细胞在体内消失净尽。齐林、玫玫回宝曰的时候，一家人也可以在这栋房子里团圆。齐林心想，今年八成是要在租借的房子里过年了。

因此，对这样的一栋房子要求颇高。既要离医院近，又要安静有电梯（方便岳父的轮椅进出），生活还得方便。最好附近就有菜市场，岳母可以随时根据岳父的身体状况以及胃口采购，做好吃的给岳父补充、加强营养。租期还不能太长……诗歌领袖老王听闻了此事，当时就表示要把自己和女朋友幽会的一套秘密住房让出来，给岳父岳母白住。齐林、玫玫也去看了，玫玫觉得距离太远。老王也不气馁，把宝曰的诗人们都发动起来,帮着玫玫在全市范围内寻找房源。

毛医生办公室里的谈诗论道不时会被打断。玫玫来电话,说有一处房子,让齐林去看一下。齐林知道肯定是玫玫不满意,但又不好拒绝对方。帮着找房的不是诗人就是诗人的老婆或者女朋友,对他们而言齐林的判断更具权威性。于是齐林便匆匆赶往某处,毛医生有时也陪同前往(开车送齐林),就这样齐林看了不下五六处房子。的确很不合适,完全是宝曰的诗人们根据自己的理解看上的房子。不就是临时住一下吗,目的是为了就医方便。比如他们找到的一家医院附近的私人开的旅社,房间只有六七个平方,里面除了床架上一张脏兮兮的床垫就什么都没有了。当时是一个晚上,灯光就像旧社会一样暗淡,一股饭菜的馊味弥漫开来。不用说玫玫,就是齐林,一想到岳父岳母住在这样的地方只是为了苟延残喘就不禁悲凉。这家旅社是专门接待就医的病人或者病患家属的,价格自然便宜。齐林知道,如果让岳母自己找肯定就是这样的房子了。

他向宝曰的诗人们表示,他们要找的不是这种房子。再次重申了房子的标准后,大家又开始行动,投入到新一轮的找房活动中。

玫玫总算看上了一处房子，一次性交付了租金，租期半年。她开始打理这套公寓，要求不是一般地高。房东的东西除了两张床、餐桌、沙发、洗衣机、冰箱等搬不动的大件，其余物品几乎全被扫地出门，或者坚壁清野（壁橱专门辟出一层放置房东的零碎杂物）。锅碗瓢盆自然全套更换，此外还买了电饭煲、微波炉、高压锅和开水壶，床上用品更不用说。甚至连拖把、塑料垃圾桶也都换掉了。玫玫买了各种洗涤用品、工具和消毒液，把齐林从医院叫回来，两人不停地清洗、擦拭、整理，虽然这套房子已经请保洁公司阿姨打扫过了。玫玫的要求是两方面的，一是清洁卫生，二关系到美感，因此房东的窗帘、桌布、墙上和门上贴的图片、对联也在处理之列。这一切干完后，玫玫开通了有线电视、无线上网，去农贸市场和附近的超市采购了大量食品，米面、副食、作料、油盐，只等岳父开刀后出院，两个老人就可以在这套房子里过日子了。

找这处房子是背着岳母的。他们只说找房子，没说找这样的房子，更没说更换了里面几乎所有用品，否则岳母又会说乱花钱了。直到房子整理完毕，齐林才把岳母拉到病房外走廊尽头的窗户前（现在的病房走廊尽头亦有窗户，格局和前面住过的病区相仿），交给对方一把钥匙。关于房租齐林打了对折,实际上月租五千元,他告诉岳母三千不到。岳母仍然说了句"乱花钱"。齐林说:"您去看了房子就知道划算了。"他遥指医院围墙外面的某个小区,催促岳母去看看:"就那个小区,右边那栋楼,拐角上挂墨绿色窗帘的。"岳母的眼里放出光来。之后,换上齐林看护岳父,玫玫就领岳母过去看房了。

这是岳母第一次走出医院。她显然喜欢这套房子,去了整整四个小时。据玫玫说,岳母表示她从来没有住过这么高级的房子。她在租借的房子里洗了一个热水澡,睡了一个很长的午觉,这才返回医院。回病房后,仍然让齐林看护岳父,岳母和玫玫一道把后者买的那些东西分几趟搬了过去。

这以后岳母就再也没有去过那套房子了。她恪尽职守,想的大概是,这么舒服的房子得等岳父出院一起进去住。倒是有几次,齐林待在毛医生办公室里,门敞着,看见岳母从走廊里走过,齐林跟出去,只见岳母来到尽头的窗户前,向外眺望。显然她是在看那套房子,看那墨绿色的窗帘。她在展望岳父出院后他们在那套房子里的生活。

这套房子齐林、玫玫也一天没住过。他们仍然住酒店。岳母说了好几次，让他们"住到家里去"。"放着家里现成的房子，条件也不差，为什么不去住？"岳母很不理解。

"我们的事，你就别管了。"玫玫说。

说实话，齐林也不太理解，但又有一点理解。也许玫玫把那套房子当成了一件礼物，送给了父母就不好率先享用。如果岳父岳母已经住在那里，他们倒是可以过去一起住的，比如回来过年期间。

事有凑巧，在齐林看来这就是天意。岳父抗凝治疗结束后一周，正逢中秋佳节，肝脏手术的第一把刀卢教授是宝曰人，回老家过节来了。毛医生抓住这唯一的机会，安排卢教授来医院给岳父做手术。他告诉齐林，两万五的红包他已经准备了，让齐林不必操心，做完手术和卢教授见一下道声谢就可以了。见面的事他会安排，吃饭喝酒一概全免。齐林感激不尽，但表示那两万五必须由他们出。

"应该给五万，两万五已经是看你面子了，你已经出了一半了。"

"那这样吧，"毛医生说，"以后你帮我联系出本诗集，就算我买书号的费用。"总之不肯收钱。齐林总不能说，不收钱就不做手术吧，这件事只好以后再说。

然后就到了手术日，岳父被推进去以后，岳母、玫玫和齐林来到手术室门外的椅子上坐等。开始时他们很紧张，说话都压低了嗓音，后来才有所放松。门外的两排椅子上都坐着病患家属，都是等手术结果的，渐渐地，交谈的声音变得嘈杂。但无一例外，每家都会有一个人始终看向手术室自动门的方向，就像瞭望哨一般。有人开始吃东西，或者走到电梯口上去抽烟，回来以后问："怎么样，出来了吗？"齐林虽然烟瘾发作，也坐得浑身不自在，但坚持没有离开。

突然，手术室外间的门向两边滑去，所有的家属都站了起来，并向前拥，即使不是他们等待的病人，也忍不住看个究竟。平车或者一张病床被推了出来，上面躺的人盖着被子且悄无声息。认领到病人的家属一阵喧哗，跟着病床走了，没领到人的家属则颇为失望，又走回椅子那儿坐下。

最后，手术室门外只剩下齐林他们。岳父手术的时间显然是最长的。就在齐林考虑是不是去饺子店里打包三份水饺拿过来吃的时候，手术室的门有了动静。三人蓦然站起，只见两扇门抖动着移开，门内并没有病床。一个人迎面蹲着，身着短袖洗手服，戴着橡胶手套，两腿之间的地面上放了一只银光闪闪的不锈钢盆。就像排戏一样，幕布拉开这才开始动作，那人拨弄着盆内的什么东西，同时抬起头。他们一下子就认出了是毛医生，自然也一下子就认出了盆内的东西（虽然此前并未见过）。岳母、玫玫本能地止住脚步，转过脸去，不朝那只不锈钢盆看。齐林犹疑不定。毛医生向他招手说："过来，过来呀。"齐林这才走过去。

不锈钢盆里血肉模糊的一大团，几乎将那只盆装满了。当然也可能是齐林惊骇之下的幻视，抛开这一因素那东西也不小，甚至十分巨大。毛医生给了一个客观的尺寸。"十九厘米多，快二十厘米了，这么大个家伙！"边说他边用手兜底翻了一个面，又翻回来，如是几番。不锈钢盆底还有一些零碎，毛医生照例隔着手套捡起来，掂了掂，又放回去了。"这是胆囊和坏死的肠子，和肿瘤长一起了。"他说，"来来来，你不拍一下吗？"

齐林拿出手机拍照的时候，毛医生说："肿瘤是卢教授切的，肠子是我的手艺，怎么样？刚切下来，里面正在缝合……"齐林再看那颗肿瘤以及肠子等零碎，似乎还冒着热气。

毛医生是来报信的，大概是怕他们等得焦躁吧。手术宣告成功，虽然出血比较多，输了两千毫升的血，但有惊无险……透露完这些信息后毛医生站起来端着那只金属盆就离开了。他蹲过的地方似有血迹，一个护工过来将一大块绿布卷起，擦拭一番，地面又光洁如新了。

齐林退出手术室外间，两扇门在他的眼前再度关上了。

又经过很长时间的等待，岳父才被推了出来。在护士的引导下，岳母接过病床，又是主推，齐林、小苏护卫，经过几番电梯上下去了ICU病房。ICU病房不允许家属进入。办理了有关手续、被告知探视时间后，齐林他们就离开了。

齐林建议三人一道去吃水饺，岳母不肯。她也不愿去那套租借的房子，坚持回了岳父原来的单人病房。"我这一走,病房让人占了呢? 你爸还要回来的。"她说。

齐林告诉岳母，已经和毛医生说好了，单人病房会给岳父留着，一直到他出院。岳母还是不肯离开半步。倒是玫玫，火急火燎地去了租借的房子那里，也没有去吃水饺。事后齐林才知道，她是去处理两只洗菜用的不锈钢盆，玫玫买的那两只洗菜盆和装岳父肿瘤的金属盆几乎一模一样。更有甚者,玫玫处理掉了所有刚买的不锈钢制品,包括勺子、饭盆、蒸锅、保温杯,所有金属抛光闪烁不已的东西都令其在视野里消失了(扔掉或者藏了起来)。

下午上班时间,齐林在毛医生的办公室再次见到了毛医生。后者已经换上日常便装,甚至没有套白大褂,正静候齐林过来谈诗。茶都沏好了。齐林问他什么时候见卢教授,好当面致谢。毛医生说,卢教授早走了,回家过节去了。

"什么时候走的,我怎么没看见他出来?"

"哦,医生不走那个门,有专门通道,切完瘤子手术没结束他就走了。"毛医生说,"牛逼的医生都这样,来去如风,下刀也如风!"他突然意识到自己说出了金句,问齐林说:"我这说的像不像诗,你给评评。"

齐林说:"像诗,好诗啊,绝对是好诗!"他说:"写诗就得这样,联系自己的专业、生活经验……"

毛医生提起一件事,明天就是八月十五了,下面的一个县要举办一场金秋诗会,邀请了毛医生。毛医生提议齐林一起去。齐林说:"人家又没请我。""那还不简单,"毛医生说,"我打一个电话,听说你要去那还了得,不要太给他们面子啊!"

齐林知道，要说面子其实是给毛医生面子。"可岳父现在……"毛医生接过话头，说岳父没有问题，手术非常成功，况且现在人在 ICU 病房里，他们也做不了什么。而 ICU 病房主任那里他已经打过招呼了。

"我看这样，"他通情达理地说，"待会儿你们去探视，如果没有特殊情况明天我们就去，情况有变化我也不去了。"

话说到这份上，齐林只好点头同意。

下午四点过，齐林、玫玫和岳母去 ICU 病房探视岳父。换了衣服、经过消毒灭菌后分别进入。按照亲疏远近，先是岳母，然后是玫玫，玫玫出来后才轮到齐林。

走进病房齐林傻眼了，没想到 ICU 病房这么大，床位不是一般的多，大概有二三十张病床。每张床上都躺着一位重症患者，插满管子，戴着吸氧面罩，所有的人都毫无声息地静卧着。齐林不是被病房的容量，准确地说是被安静的氛围震慑住了。甚至穿梭其间的医生、护士走动时都蹑手蹑脚的。窗户完全被封死，室内靠灯光照明。齐林不由得想起一部科幻电影里的情节：飞船在茫茫宇宙中航行，前往某个遥远之极的星球，由于生命有涯，休眠的乘客在接近目的地的时候才会被唤醒。这之前是太空舱里令人心悸的整洁以及寂静……

终于找到了岳父的病床。岳父已从手术麻醉中醒来，醒在一片死一样的寂寞中。他就像置身墓地那样地瞪着惊恐的眼睛，口不能言。齐林照例俯下身去，摸了摸对方冰冷的手背，马上有一个声音(护士的)说："不要接触。"岳父似乎想说点什么，齐林把耳朵凑过去，还是没有听清。齐林说："手术很成功，您放心。"岳父微微摇头。"真的很成功，您的肚子已经没有了。"

岳父还是摇头，嘴唇哆嗦着。最后，不知道是齐林听见了，还是猜到了，岳父的意思是要离开这里，回单人病房去。"现在还不能离开，"齐林说，"这里是ICU病房，护理很专业……"

一滴眼泪从岳父的眼睛里流了出来。由于他是平躺着的，那滴泪经过高低不平的面颊，怎么又流回眼眶里去了？齐林从没有见过岳父流泪，而且是这么一种奇怪的流法，不禁有些发慌。"那行吧，"他说，"我问一下毛医生，如果他说可以，我们就转回去。"岳父脸上的那滴泪果然消失不见了。

走出ICU病房，齐林立刻向岳母、玫玫求证，岳父是不是想转回单人病房，岳母和玫玫都说应该是。齐林还是不能确定，转回单人病房到底是岳父的意思还是她们的想法。他们包括齐林，都觉得岳父待在ICU病房里太难受了，太可怜了，这是共识。齐林又去找了毛医生，询问他转回单人病房的可能性。毛医生说："也不是不能转回来，但大手术以后去ICU观察是一个惯例"。

"到底能不能转？"

"你是权威，你说了算。"

"怎么我成权威了？这方面你才是权威啊。"

两个人不免展开了一场关于权威的讨论。齐林承认自己是写诗方面的权威，但对医学可说是一窍不通。毛医生说，权威就是权威，不管是哪方面的权威。权威就是说话算话的人，做决定的人，有时候需要的只是一个决定，和专业没有半毛关系。又说，抛开专业不论，齐林是一个大权威，而自己充其量只是一个小权威，影响范围局限在这个医院甚至是胃肠科里。小权威当然得听大权威的……

齐林总算听出来了，毛医生是让他做决定，自己不方便一切代劳，就像手术前必须由家属签字一样。而从医疗专业角度考虑，以岳父现在的情况转出ICU

病房应该是没有问题的。想到岳父脸上的那滴泪,齐林一咬牙说:"那就转吧。"

于是当天晚饭以前岳父就又转回到胃肠科的单人病房里了。

阴历八月十五,毛医生开车和齐林一道去县里参加金秋诗会。齐林的到来引起一番骚动,当地诗人纷纷前来见面、致意。当时天降小雨,齐林、毛医生被簇拥着游览了周边的名胜(一路有人撑伞),无非是一些仿古建筑,爬高上低一通。之后喝茶,再后来吃饭。接风酒宴摆了四五桌,齐林被介绍给若干当地名人和官员,但他一个人的名字都没有记住。饭后移步诗会会场,也是一处"古建筑"。齐林从手机里随便找了一首诗朗诵,应付过去。

这样的活动他已经有很多年没有参加了,如果不是因为毛医生他也不会出现在这种场合,因此不免有某种出乎意外的新鲜感。一时间齐林忘记了岳父刚刚开刀的事。这是名副其实的身心放松。不仅齐林,毛医生也一样。在齐林的感觉中,过去的这二十多天他们都围着岳父的事情转了。当然这是不可能的,毛医生有他作为医生的日常工作。总而言之齐林觉得大事已了，这金秋诗会就像是为岳父的重生举办的。这样的活动没有引起齐林预想中的反感，反倒有点如鱼得水的意思，大概也和他受到尊敬有关吧。

诗会结束，雨也停了，但月亮没有出来。县里的诗人拼命挽留他们，建议在古建筑的平台上边喝啤酒宵夜边等月亮。他们说，宝曰距此不过一百多公里，等月亮出来披星戴月地踏上归途岂不更有诗意？月亮实在不出来就在这里住下，他们也有个机会向齐大师求教。平台上已经安上了桌子，甚至十几箱啤酒也已经运上来了。齐林执意要走，由于他毋庸置疑的权威（诗歌方面）和不容辩驳的理由（岳父刚做完手术尚未脱离危险），县里的诗人再也不好劝阻。

返程仍然是毛医生驾车，齐林坐副驾。毛医生喝了酒，并且没有系安全带。齐林想系安全带，但安全带的插口被毛医生用硬纸片塞上了。这一问题上齐林完全可以深究，却没有深究，也许来的时候就是这样的。此刻齐林就像是裸身坐着一样，任凭小车在高速公路上一路飞驰。毛医生不断超车，和那些巨大的货柜车并行一段然后一掠而过，齐林手心都出汗了。同时他也感到了某种欣喜，大概这就是兴奋。他也喝了不少酒。

很多时候他们都穿行在隧道里。齐林发现，这条路上隧道特别多，而且都很长，一条隧道接着一条隧道，简直没完没了。一段黑暗荒凉的露天公路过后就是一条大放光明的隧道，隧道里面充满了安宁。就在这明与暗、动与静的不断交替中，毛医生娓娓道来说起自己的妻子，很久以前她是他所在科室的护士。又说到他们的儿子，马上就要高中毕业了，毛医生想让他去考飞行员。再就是家里养的两只小狗，一只叫欢欢，一只叫螺蛳，妻子管儿子，毛医生则负责小狗，每天需要下楼两次遛欢欢、螺蛳。齐林问，为什么会叫螺蛳？毛医生说了一个故事，当时齐林记住了，但回到宝曰后就再也想不起来。

奇怪的是，这一路上毛医生竟然没有谈诗，大概是刚参加完诗会，总该有个停顿。毛医生只说他的个人生活，其实让齐林觉得很温暖，他们真的已经是一家人，毛医生就像齐林的亲兄弟。关于齐林家里的情况则不必说了，医治岳父的过程中对方已经了解得清清楚楚。

齐林说："什么时候去你家看看欢欢和螺蛳，玫玫也喜欢小狗。"

毛医生答："明天就去，去家里吃水饺，小宋是北方人，水饺包得一流。"

齐林没有说，他们吃水饺早就吃反胃了。

那天晚上月亮始终没有出来。

齐林、玫玫在宝曰又待了五天。这几天里岳父的情况算是正常，首先是放屁并大便了，这是手术成功的标志。但岳父思睡，总也不肯下床。毛医生说必须离床，哪怕是在椅子上坐一坐，坐几分钟也是好的。于是在岳母的威逼下，岳父一天数次摇摇欲坠地坐在椅子上。岳母监督，不让他的后背靠上椅背。岳父四不靠地坐着，就像小孩学游泳一样，手臂划拉着，一旦有歪倒下去的危险，岳母或者齐林、玫玫立刻上前扶住。三五分钟后岳父带着满身的管子回到床上，众人鼓掌。

仍然无法顺利进食，不想吃，或者吃了就会引发呕吐。插胃管鼻饲情况仍没有多少改善。毛医生让护士将管子直接下到小肠里，然后将一管管灰绿色的营养食糜慢慢打进去。齐林看在眼里既觉得踏实又为岳父感到难受。夜里呕吐再度发生，于是便有更多的食糜被注入岳父体内。

输液二十四小时从不间断，输入营养液以及各种针对性药品。齐林有一种感觉，就是他和玫玫行期在即，所有的人都焦躁起来，想在他们离开之前岳父能有一个质的变化，如此他们才能走得放心。岳父亦然，在他们离开的前一天，竟然自己去卫生间上了趟厕所。这一高难动作自然是在岳母的搀扶下完成的。更有甚者，从卫生间出来岳父没有马上回到床上去，而是手扶病床一侧的栏杆开始"锻炼"。他所谓的锻炼不过是摇晃几下身体，身上的引流管包括挂着的引流袋也随之晃动。毕竟很不方便，后来岳父就不动了，只是直直地站着。

"你看，你看。"他虚弱不已地说，同时目光下移。众人不解，顺着岳父的目光往下看，啊，终于看见了他的脚，岳父在转脚脖子！他左转一下右转一下，踝关节甚是灵活。转完左脚又换上了右脚。与此同时，岳父的两只眼睛睁得很大，目光炯炯地看向前面。

那天岳父特别有精神，就像换了一个人。不是说换了一个健康的人，没生病之前的岳父，而是换上了齐林不认识的某人。那人的眼神里充满兴奋，甚至于俏皮，但陌生得令人心悸。当时是下午四点多，病房西晒，整个房间里犹如着火一般，一种黄铜般烁亮奇特的光弥漫开去，映得岳父就像一个铜人。后来齐林、玫玫离开病房回酒店,当他们走出大楼,看见外面也是那样的光,赤黄热烈,涂抹在路面、草坪以及建筑物的楼面和窗户上。

齐林、玫玫计划离开的当天,岳父的病情恶化。夜里吐了几次,几乎通宵未眠。在毛医生的主持下,立刻进行了有关检查,中午检查结果就出来了。毛医生告诉齐林,可能是急性肝功能损伤,问题有点严重。齐林于是考虑是否退了动车票,留下来再看几天,到了下午岳父的情况又有所好转。毛医生说,可能是验血标本有些溶血,诊断不正确,不至于那么严重。关于医疗齐林自然没有发言权,他现在只有一个问题:"我们到底能走不能走?"但眼下的抉择和上几次不同,并不关系岳父的治疗路径,即使他们留下来,岳父也只能靠他自己或者说他的运气。

毛医生说:"意义不大,我会盯在这里的,尽最大的努力。"毛医生再次强调说,手术本身没有任何问题,现在主要是看手术后的恢复。病患的体质不同,年龄也不一样,岳父毕竟已经七十岁了,此前因为治疗肺栓也被折腾得够呛,消耗很大。"如果是个小伙子,估计这会儿已经出院了。"

开车送齐林、玫玫去车站乘车途中,毛医生说了很多这种模棱两可的话。模棱两可重复再三，就像念咒一样，不免是一种安慰。面对岳母，这几天齐林不也是这么说话的吗：岳父一旦出院他们就搬到新房子里去，一边休养一边进行靶向治疗，等治得差不多了再去看中医，关键是看这几天……在毛医生暧昧的说法里齐林也得出了一个结论，就是，即使岳父出现意外也不会马上。有此一说他就放心了。

岳父因肺栓病倒时齐林正在排一部小型诗剧，齐林是编剧兼导演，玫玫是主要演员之一，扮演一个女疯子。他们中断了排练赶往宝曰，现在赶回去继续排戏。离正式演出只有十天，剧场门票已经售出了。也就是说，岳父只需要坚持十天，无论出院或者不治都尽量不要发生在这十天里。

出院就不说了。如果不治务必设法拖延。关于后一点没有明说，但齐林和毛医生之间显然是有默契的。"你们就放心走吧，诗歌可是大事，诗剧更不得了。"当时毛医生说，"这边有我在，我保证不会离开。"他说到做到，在齐林他们回去的这段时间里毛医生推掉了两个去外地参加的学术会议，始终坚守在医院里。

每天一次，毛医生准时给齐林发信息，报告岳父的情况，不免报喜不报忧。"有一点小状况，但已经处理了。"他说。然后开始聊诗。毛医生也知道导演工作不是一般的忙，所以聊两句也就不聊了，似乎聊诗只是一个借口，以转移齐林的注意力让他安心。这些都是齐林事后领悟到的。那段时间毛医生一定是在咬牙硬挺，他需要对得起齐林的信任。

岳母倒是数次告急。她打电话或者发信息给玫玫，玫玫再转告齐林。每次齐林都会重复毛医生的话，"是有一点小状况，他们已经处理了"。玫玫再转告岳母，就像她人在现场获悉的情况并不如实，或者解释起来有偏差。毕竟岳母不是医学方面的权威。

"妈，你能不能不要一惊一乍？毛医生已经说了，康复需要一个过程，这么大的手术，总会有起伏的。"

总之，夫妻俩需要排除一切干扰，投入到眼下紧迫的工作中去。这可是齐林第一次当导演，玫玫也是第一次做演员，必须将所有的烦恼置于脑后，轻装上阵，全力以赴。

他们的确是这么做的。从宝曰回来的当天，制作人江总亲自驾车接站，到达时已是深夜。江总的意思是把他们直接拉到剧组住宿，玫玫坚持回家看一下，第二天早上再去排练现场。于是那辆车便在秋风夜色中向家的方向驶去。玫玫让打开两侧车窗，甚至顶上的天窗也移开了，猛烈却如绸缎一般滑爽的夜风一下子灌进来，就像灌进了他们的心脾里，近一个月来在宝曰医院里沾染的病气被一扫而光。齐林从没有感到自己居住的城市如此美丽。其实，除了黑暗和沿途的灯光他什么也没看见。后来进城了，看见那些灯光勾勒的高楼大厦、巨幅霓虹灯广告，和宝曰街头也相差无几。但齐林就是觉得不一样了。脱胎换骨一般，整个人都放松下来。

　　回到家，仍然很兴奋。玫玫立刻动手打扫除尘，齐林觉得没有这个必要，因为睡一觉就得离开。玫玫说："你睡你的，我忙我的，互不妨碍。"睡梦之中，齐林耳边始终伴随着玫玫收拾、洗涮的声音，她拖地、浇花，开动洗衣机洗衣服之后烘干，刷厕所、翻箱倒柜整理箱子……蒙眬恍惚中齐林觉得是在宝曰他们租借的房子里，玫玫是在那儿忙活。直到天亮，当青白色的晨光透过窗帘映衬出玫玫依稀的身影，齐林觉得是毛医生过来查房了。脚步声杂沓……窗外的城市开始喧嚣、启动。

　　排练封闭在一个度假村里，那儿有一个弃之不用的小剧场，环境优美、隔绝。有关医院和宝曰的幻象停止了，每天晚上齐林睡得格外踏实，大概是白天排练太辛苦了。除了排戏就是睡觉和吃饭，村子里没有任何娱乐，住的地方甚至没有电视。日子过得单纯，近乎永恒，工作效率却奇高。一天三顿饭是一件大事，做饭的曹师傅是从当地雇的村民，饭菜做得十分粗放，好在食材新鲜，很适合这帮年轻人的胃口（剧组里齐林最老，除他之外平均年龄三十岁不到）。每次吃饭时间都拖得很长。当年轻人仍然在桌上大快朵颐时，齐林会踱出土屋，在周边转上两圈，也算是忙里偷闲。

眼前山影起伏，植物繁茂，身后则炊烟袅袅。突然，他看见一条黑狗哀嚎着窜入画面，后面跟着曹师傅。不对，齐林是先看见半块砖头落在了狗嘴上，这才看见扔出砖头的那个人。曹师傅就像一个原始人那样地挥臂、投掷，精壮的胳膊如一截剥了皮的树棍。黑狗"儿儿"地惨叫着，跑得没影子了，哀鸣声仍回荡在这片空间里。齐林下意识地摸了摸自己的下颌骨。

哪里来的狗？曹师傅为什么要用砖头砸它？是不是偷吃了厨房里的东西？或者曹师傅砸狗只是娱乐？它是曹师傅带来的吗？既然是自己家的狗又为何要如此虐待？也许曹师傅准备杀了它做红烧狗肉……

这一砖头打破了这里的平静，不免让齐林浮想联翩。他想起毛医生养的欢欢和螺蛳，想到了病床上的岳父。除了这一插曲外，度假村的日子就都是和平安宁了，同时也紧张有序。即使是这一砖头，所激起的波澜也局限在齐林的思绪里，不为人知，过后齐林也忘记了。他只是告诉制作人江总，剧组禁止吃狗肉，让他转告曹师傅。齐林懒得再搭理后者。

排练很顺利。演出前四天剧组进入将要演出的剧场彩排，大部队转场，集中住进了附近的一家快捷酒店。当天晚上，齐林接到了毛医生电话。看见是毛医生的电话，齐林心里一沉，就知道情况不妙。自从他们离开宝曰，毛医生就没有打过电话，联系只用微信或者手机短信。

站在快捷酒店门外的冷风中，齐林不禁缩成一团，一面通电话一面还得和进出酒店的剧组的人打招呼。当晚的彩排刚刚结束，演员尚未卸妆，年轻人身着戏服，脸上闪着油彩，显得不无兴奋。"导演好……导演打电话啊……"齐林是因为房间里信号不好，才走到外面来的。当然也是为了避开玫玫，万一事情严重向玫玫转述时也好打点折扣，至少也有一个缓冲，因此他没穿外套就匆忙走了出来。

这会儿齐林边躲避寒风边躲剧组的人，来到建筑物的一个内拐角上，毛医生的声音变得清晰了。他使用了一个词，"风雨飘摇"，齐林就什么都明白了。他想毛医生已经坚持不住了，而毛医生坚持不住是因为岳父坚持不住了。那么他齐林呢，这是最后一关，他能坚持住吗？坚持度过这最后几天，诗剧一旦首演，无论成功与否他都可以抽身离开。

这么想着的时候齐林回到房间里，玫玫正趴在床上哭泣。显然，她已经从岳母这条线得到了消息，而且也相信了。齐林无须再迟疑，不免和盘托出，其实也就是那四个字，"风雨飘摇"。齐林已经不能说得再模糊隐晦再有诗意了。此时此地，诗意也是一种安慰。这是毛医生的发明，齐林不过是沿用。第一次，齐林真心实意地承认毛医生是一位诗人，无论写不写诗写得如何他都是一位诗人。

玫玫稍稍平静，两人讨论该怎么办。"还能怎么办，"玫玫红肿着眼睛说，"我明天回宝吕，票我已经订了，早上六点十分的车。"

本来，齐林是想劝玫玫回去的，没想到她没有和自己商量就已经决定回了，还订了车票。"离演出只有四天，这个戏我们忙了大半年……"齐林不禁站到玫玫对立面去了。

"那我不管,我爸要死了,反正不是你爸。"玫玫又开始落泪。

"就不能再坚持一下吗……"

"你跟我爸说去,跟老天爷说去!"

自从岳父病倒,这还是第一次两人针锋相对。而实际上,齐林的想法和玫玫完全一致:玫玫先回宝曰探望,他留下来继续排戏,想办法找人替换玫玫。虽然齐林完全理解玫玫,但对她毅然决然的方式还是不能适应。"这会儿你让我找谁演女疯子?"

"这是你的事。"玫玫说,"要是我被雷给劈死了呢!"

他俩一夜未睡。齐林除了需要安抚玫玫,还得和江总沟通,告知这个紧急情况,让对方务必连夜找到替换玫玫的演员。早饭后彩排必须到场。好在玫玫的角色虽然重要,但台词不是太多,一个疯子基本上只要能咿咿呀呀就可以了。集中的台词也就三段,齐林让江总发给女疯子B(目前还不知道是谁),熬夜背下来。

这一切忙完之后,齐林帮玫玫提着箱子,另一只手牵着对方,走到酒店外面去漆黑一片的停车场交接。

送玫玫去火车站的车开走以后，齐林回到房间里，坐在叠起的枕头上打了一个坐，竟然支持不住，垂下脑袋睡着了。他又梦见毛医生进来查房，白大褂在他身后飘了起来，透露出青白的晨光。齐林睁开眼睛，幻影遁去，天已经大亮。

当天的彩排八点准时开始。女疯子B姗姗来迟，九点半才到。齐林大怒，斥问对方为何迟到。女疯子B说她夜里三点半才接到江总电话，四点谈好条件答应帮忙，四点半剧本发过来，背了两小时台词六点半吃早餐，大概七点出发来剧场。她住在江北，又逢上班早高峰，一路堵得像便秘似的，没十点钟到就已经不错了。齐林的怒火于是转向江总，说："不管你有什么理由，我说过演员必须准时到排练现场，现在几点啦！"

江总赔笑："对不起，对不起，导演是我的错。"

齐林当然知道是自己的错，不，也不是他的错，谁都没有错，齐林就是控制不了他的情绪。如此滥用导演的权威在他是第一次。发作一通后齐林多少好受了一些。

但女疯子B的表演总是不尽人意。她是江总临时找来的，完全不符合齐林心目中女疯子的形象，这是其一。其二，玫玫符不符合女疯子形象可以另说，但她排练了那么久，又近水楼台得到齐林私下里的指导或秘授，无论如何女疯子就是她了。另一个女疯子的出现让齐林横竖看着不顺眼。加上女疯子B和其他演员之间缺少磨合，对剧情也一无所知，怎么演怎么别扭。齐林不断喊停，带妆彩排终于变成了排练，感觉上这个戏又开始从头排了。

此外，齐林已无法像昨天那样集中思想，眼前满是抢救岳父的幻影。

昨天晚上毛医生打电话的时候，他们正在抢救岳父，毛医生的电话是在现场打的，但他什么都没有说。岳母自然告诉了玫玫。她不会用"风雨飘摇"这样的修辞，岳母说的是"后背上全是血"。难怪玫玫会不顾一切地奔回去。心肺复苏机打桩一样冲击着岳父的胸部，岳父毫无反应就像一个橡皮人，血从后背渗出浸透了白色的床单……如此惨烈和徒劳，齐林有如亲眼所见。继而齐林又想到，玫玫此刻还在动车上，正向着这幅可怕的画面狂奔而去。她是否睡着了？或者木然地看着车窗外面的景色……

中午左右齐林再次接到毛医生电话，对方告诉他岳父已经走了。齐林看了一下时间,离玫玫到达宝曰还有两小时。毛医生说:"你放心,我会去车站接玫玫,你就安心排戏吧。"

"我是不是应该去一下?"

"意义不大。"毛医生说。的确如此,即使齐林去了岳父也不能死而复生。

"我总归还是要去一下吧?"

这已经不是在咨询医生,是在和家人或者朋友商量的意思了。

"你是权威,你决定。"毛医生说。他大概想开一个玩笑,让齐林放松下来。后者没有接这个茬,沉吟半晌后说:"也许我是要去一下,参加完追悼会再赶回来排戏。"

"来得及吗?"

"我看下车次,应该问题不大。"

第二天一大早,齐林乘坐和玫玫相同班次的动车回宝曰,不同的是他买了往返车票,计划在宝曰只待一天,参加完追悼会就走。

依然是天不亮就走出酒店,穿过漆黑一片的停车场,昨天送玫玫的司机今天又送齐林。

排练的事交代给了江总和舞台监督，当然不能停下。他们主要的任务是监督女疯子B，齐林估计她又会迟到。他特地嘱咐江总，不要给女疯子B在酒店开房间，仍然让她回家住。又告诉二位不必提醒她准时。齐林如此处心积虑，目的只有一个，就是预留一个开掉女疯子B的理由。他去宝曰除了送岳父一程，还有一个意图，劝说玫玫回来参加演出。

又是毛医生接站，他把车直接开往殡仪馆方向。没有去医院或者齐林、玫玫上次入住的酒店，这多少让齐林有些吃惊。似乎从这时起岳父去世这件事才变成了现实。齐林感叹在毛医生的协助下岳母行动迅速，此刻离岳父病逝只有一天一夜，人已经到了殡仪馆准备开追悼会了。

毛医生说："这也是按照你的意思，加快流程，争取时间嘛。"

"是是，我明天就走，追悼会一完就走。"

在齐林的想象中，追悼仪式除了他和玫玫、岳母、毛医生，也只有岳父岳母的几个亲友，不会超过二十个人，等到了地方他傻眼了，没想到竟然这么大的阵势。追悼会明天上午举行，此刻的告别厅里已人满为患,离很远齐林就听见了念经唱佛的声音,起伏不已。原来是岳母的那帮佛友或者师兄,估计有四五十个人,毛医生告诉齐林,他们已经不间断地唱了二十个小时了,是从医院一路唱过来的。

齐林和毛医生在人群中穿了几个来回,这才看见玫玫和岳母。母女俩比预想的要平静,大概已经哭过了。岳母和毛医生、齐林打招呼,毛医生对岳母说:"您忙,您忙。"他的意思是不要打搅到她念经。岳母说:"我不忙,毛主任忙。"然后转向齐林说:"你来啦。"说完岳母就回归到唱佛的队伍里去了。齐林听见她对身边的师兄说:"我女婿。"所有的人都朝齐林他们站的方向看了一下,动作很隐蔽,之后又低下头去诵唱不止。也许他们根本就没有看,不过是齐林的一个错觉,因为唱佛的音量明显有所变化。和岳母打完招呼,师兄们的诵唱声再次变得洪亮起来。

玫玫领着齐林点香、烧纸,履行一套仪式。烧纸是在告别厅门外对着大门的一个专门的炉子里,砌了很高的烟囱,草纸和金银元宝(纸折的)堆放在一边,供祭吊的人随意取用。甚至一次性打火机也是现成的,被搁在蒲团边的地上。跪拜烧纸完毕,玫玫又领着齐林返回告别厅,走到岳父的灵前烧香,对着岳父装饰了黑边白花的遗像磕头。齐林磕头的时候唱佛声亦有变化,突然高亢起来声震屋宇。最后,齐林才看见了岳父,躺在一只带有有机玻璃罩的"水晶棺"里。

岳父戴着一顶黑色线帽(生前他从来不戴帽子),躺得很平(尤其是腹部),面色比活着时差不了太多,甚至比齐林最后一次见到还要好一些。应该是化妆处理过了。实际上岳父只露出了面孔部分,脑袋陷在枕头里,四周塞满布料、织物,黄色为主,有的上面写着经文。他看上去毫不显眼,也不吓人,主要是不显眼。水晶棺外围立着花圈,再外面是灯架,放花盆、香炉的柜子,岳父就像埋伏在这一堆杂物中,只不过是仰卧的。如果不是玫玫指引,齐林一时半会儿也发现不了。

再看唱佛的师兄们,可说是井然有序。女性居多,多为中老年妇女。偶尔有一两个男性,年纪也很老了,性别可以忽略不计。他们要么穿着黄色或者棕色的衣服,有的形似袈裟,有的只是上衣或者裙子是黄色的,要么背的包或者护袖是黄的,总而言之需要那么一点标记,也的确显示出了一种统一风格。黄棕色的队伍分作两列,但随时可以首尾相接。有人领衔,站着诵唱很久,然后开始走动,念一句佛号走一步,绕着以水晶棺为中心的区域缓缓转圈。转了一圈再转一圈，停下后继续唱诵不止。

告别厅里有侧室，是供接待来宾用的。齐林他们被领到侧室里坐下，负责接待的妇女也穿着类似于袈裟的衣服。齐林和毛医生喝了茶，齐林甚至抽了一支烟，一面听着门外强劲有力的唱佛声。

齐林参加过不少追悼会，如此格局和氛围还是第一次遇见。问起来，接待的妇女说这间告别厅租用的期限是两天两夜。"家家如此。"她说。她说的"家家"自然是死了人的人家。看来宝曰的确是一个小地方，平时死人不多，否则殡仪馆的告别厅也不够用呀。在齐林居住的城市里，租用告别厅是按小时计的，即使如此也需要排队。怎么可能像这样在里面过日子？自然风俗也不一样，烧纸、唱佛的也不止"他们家"，这一溜所有的告别厅都如此，都有人在里面烧纸、唱佛，遥相呼应。

不断有人前来祭吊、慰问，岳父岳母的亲戚，他们厂子里的同事、领导以及老王等诗人朋友。齐林开始作为死者家属代表忙于接待，原先负责接待的妇女则端茶递水，在一边打杂。毛医生自然也成了接待方，帮着齐林应对。他是宝曰当地人，又是医生，死亡的事经历得多了,这家殡仪馆也不是第一次来。毛医生告诉齐林,刚才他出去转了一下,旁边11号厅的死者也是在胃肠科治的一个老太,毛医生给她做的手术。经毛医生这么一说,齐林觉得即使是死亡似乎也不再那么严重了,拉近了某种距离,死者和死者的距离,以及死者和活人的距离。这种事实在是稀松平常,每时每刻都在发生,每家每户都会有,隔壁邻居、同一个医院和科室的……

天快黑的时候,玫玫跑了进来,说要开棺了。齐林还没弄明白是怎么回事,就随众人来到了外面。大厅里灯烛照得如同白昼,唱佛声从未有过地嘹亮,就像诵唱的人一下子都醒了过来。有人在搬水晶棺边上的柜子,有人挪动灯架,与此同时诵唱的队伍排列得更加整齐,所有的人都双手合十,抬起脑袋看向水晶棺方向。

领衔的李阿姨这时已到了水晶棺一侧,正指挥两个人摆弄棺材。齐林排在队伍末尾,只听李阿姨大声地说:"家属呢,家属呢,家属先来。"又说:"女婿呢,老苏的女婿呢?"就这样齐林稀里糊涂地到了水晶棺边上,岳母和玫玫已经在那里了。

水晶棺被打开。现在,齐林和岳父之间只隔着空气而不是有机玻璃。李阿姨说:"怎么样,怎么样,你们看看!"边说她边从棺材里掏出岳父的一只手(右手),用自己的双手揉捏着。"软和着呢,跟活着一样。来来来,女婿,跟你岳父握个手!"

齐林不得不照办,抓住岳父的手感受了一下。那手似乎有些肿胀,但非常冷,他握了一会儿,岳父的手才没有那么冷了,大概是自己的体温传递了过去。

齐林和岳父握手的时候,李阿姨抓着岳父的手腕,将岳父整条小臂都拎了起来。齐林松开自己的手,岳父的手自李阿姨抓着的地方自然垂落。之后,岳母、玫玫以及几个亲友都和那只手握过了,又有一些人上前握手。边上不断有人用手机拍照、录像,闪光灯频闪,所有握过手的人都在感叹:"软和着呢,像活的一样……阿弥陀佛……"

由于拥过来要握手的人太多,后来李阿姨就不让大家和岳父握手了。她举着岳父的手摇晃着,一面摇晃一面说:"来来,老苏,师兄,跟大伙儿打个招呼,念佛辛苦啦!"岳父的手跟着晃动,真的就像打招呼一样。完了李阿姨才放下了岳父的手,贴着尸身藏好了,再拉上被子。

李阿姨接着去弄岳父的帽子,倒是没有将帽子取下，只是掀开了一条缝，把自己的手塞了进去。李阿姨又声称岳父头顶"软和着呢"，而且"有热气"，她说："师兄还没有走，这都是念佛的功德！"她撤出自己的手，让齐林把手伸进帽子也摸一下，但这次遭到了对方拒绝。

齐林有一种怪异且悲凉的感觉，不是因为害怕，大概觉得这是对死者的不尊重吧。和岳父握手事发突然，属于情势所迫，根本没时间思考，这会儿他想了一下，觉得摸岳父脑袋实在是一种大不敬。岳父太可怜了，落到如此境地，任人摆布，死了还不得安宁。当然他非常理解李阿姨以及师兄们的热情，但强人所难的氛围还是激起了齐林的厌恶。受摆布的不仅是岳父，还有岳母和玫玫，齐林看了一眼她俩，此刻竟也那么顺从。让摸手就摸手，让摸头就摸头，脸上还要做出惊讶受用的表情。她们是谁呀？可以说就是岳父在这世上的遗物，面对这遗体和遗物，这帮人到底在干什么呢？也许他不得不出头，于情于理都该如此……

思虑至此，齐林挡开李阿姨的手，不由分说帮岳父戴正了帽子。之后他合上水晶棺的玻璃罩，在毛医生的帮助下开始搬花盆、挪柜子，让现场复位。李阿姨略显尴尬，但马上调整过来。"好了，好了，"她对围观的众人说，"大家已经看见了，见证了……明天开追悼会以前我们再看一次……"

"有什么可看的? 明天也不看了!"

"看不看其实都是一样的，"李阿姨对大家说，"佛法无边，苏师兄已经往生西方极乐净土了!"

  是时，如来含笑，放百千万亿大光明云，所谓大圆满光明云、大慈悲光明云、大智慧光明云、大般若光明云、大三昧光明云、大吉祥光明云、大福德光明云、大功德光明云、大皈依光明云、大赞叹光明云。放如是等不可说光明云已，又出种种微妙之音，所谓檀波罗蜜音、尸波罗蜜音、羼提波罗蜜音、毗离耶波罗蜜音、禅波罗蜜音、般若波罗蜜音、慈悲音、喜舍音、解脱音、无漏音、智慧音、大智慧音、狮子吼音、大狮子吼音、云雷音、大云雷音……

李阿姨回到队伍里，站在最前面，领着唱佛的师兄们边诵《地藏经》边缓缓向前移动。齐林留在了核心，不知何时除他之外所有的人都挪出了圈外。诵经的队伍绕着水晶棺转动，棺材附近就像风暴眼一样平静，只有齐林和岳父，或者和岳父的遗体或者和岳父的水晶棺在一起。犹如在漫卷的黄色沙尘中守护着对方。在大家的注视下，他一点也不觉得难堪，和死者共进退也一点不感到恐惧，相反倒有那么一点自豪。齐林心想，这一路走来自己总算出上力了，或者帮上忙了。

事后齐林咨询了毛医生，为何岳父没有出现尸僵现象？后者说他也感到奇怪，大概是因为念经的缘故吧。"的确很神奇，有些事科学也解释不了。"毛医生说。当时玫玫、岳母都在场，齐林认为毛医生没有说实话。

玫玫、岳母离开后，毛医生仍维持原判。不得已，齐林用手机百度了有关信息，网上说尸僵是一种自然现象，一般死后一到三小时后发生，十二到二十四小时发展到顶峰，之后二十四到四十八小时尸僵开始缓解。开棺时距岳父逝世有三十小时了，重返柔软符合自然规律。面对百度毛医生含糊地说："也对，也对……"齐林不相信毛医生作为一名主任医师且经常与死亡打交道会不知道这个常识。

"你就说吧,到底是自然现象,还是念经念的?"

"你说什么就是什么,你是权威……"

"老毛,你可是医生,不能没有原则!"

"难道你不愿意岳父走得好,去了极乐世界?"

"愿意。"

"这就对了嘛。"毛医生狡黠地说,"这就像写诗,需要想象力……你比我懂。"

当晚,齐林和玫玫在殡仪馆开办的酒店里过夜,房间岳母、玫玫早就订好了,是供念经的师兄们轮流休息用的。她们一共订了四个房间,玫玫用钥匙开了其中一间的门。被子里尚有余温,房间也很窄小、简陋,卫生条件更是谈不上。齐林只是感叹,这里的服务当真是一条龙,吃住全有(亦有专门供来宾吃饭的食堂,他们就是在那儿吃的晚饭,明天的早餐也在同一地点),真的可以在此过日子,或者说像一个旅游景点,可以旅游……然后,齐林就睡过去了,和玫玫独处的机会就此错过。他本来是要尽丈夫的职责安慰一下妻子的,顺便劝说她回去演出。但齐林太累了。

半夜齐林蓦然醒了,大概是有心事所以睡得不踏实吧。蒙眬之中看见一个人影坐在靠窗的那张床的床沿上，映着从窗外射来的一片青光。当齐林意识到自己身处何处，不免吓了一跳。玫玫不在两张床的任何一张上，原来那人影就是玫玫。她逆光而坐，一动不动，齐林叫了句"玫玫"，对方也无反应。于是齐林便坐了起来，顺着她的目光也向窗外看去。

外面什么都没有。窗帘是拉开的，甚至窗户也大敞着，但就像拉着窗帘一样一片白茫茫。起雾了，或者是重度雾霾，城市灯光从那后面透射过来，却看不见任何发光体。没有建筑物的轮廓，也不见远处路灯勾勒的街道，只是白茫茫青幽幽的一片，玫玫盯着看的就是这些。她看得如此认真、专注，齐林相信，他叫她时没有反应并非是不搭理自己，是真的没有听见。可是，这一无所有又如堵如塞的世界又有什么可看的？

玫玫也不是发呆，脸上焕发出一种不无兴奋的神秘表情。她竟然轻轻地笑起来，此时此地让齐林不禁觉得毛骨悚然。突然，齐林灵光一现，想到他正导演的诗剧，女疯子就应该是这样的状态。这个灵感不容错过，齐林放弃了观察，走过去用手拍了一下玫玫。对方转过脸，回过神来，完全正常了。

齐林打开房间里的灯。没等他开口，玫玫就说："我回去参加演出。你明天走，我后天走，就不参加排练了。"就像她一直在想这个问题，就像她知道齐林心中所想一样，齐林反倒不知说什么好了。她又一次在没有和齐林商量的情况下擅自做了决定，想必在齐林睡着的时候，玫玫已经订好了车票。

"那 B 角怎么办？"

"这是你的事，你是导演。"

"亲爱的，你也不要太难过，我们已经尽力了……"

"我难过吗？"玫玫转过脸来看齐林，"我难过还会要求回去演你的戏吗？"

齐林无言以对。

第二天，追悼会一结束齐林就走了。玫玫留下，陪岳母将岳父的骨灰护送回厂区的家里。

齐林傍晚时分到达，江总开车来接站，在路上齐林就交代对方把女疯子 B 辞掉。"多给她两百块钱，就说她迟到早退。""可她并没有迟到呀。""至少第一天她迟到了。"齐林说，"甭管怎么说你辞了她，玫玫要回来。"

第二天下午三点正式演出，晚上八点还有一场。上午最后一次彩排时因为玫玫还在路上，齐林亲自下场替玫玫和其他演员搭戏。效果暂且不论,至少齐林设身处地地体会了一把女疯子的角色,对最后时刻的指导更有把握了。

中午一点,玫玫乘坐的动车准时到站,剧组司机直接把她拉到剧场,进入后台化妆间换衣服、化妆。化妆师打理玫玫头发时,齐林在一边面授机宜。主要是那三大段台词,齐林问:"背了吗?"玫玫说:"背了一路。"齐林又问:"最后那段面对观众说的,知道怎么处理吗?"

"按你前天说的,说台词的时候就像面对一片白雾。"

"对对,就像面对前天晚上窗外的那片白雾,白茫茫青幽幽的白雾。"齐林说,"但有一点,在那片雾中并非一无所有,而是有一个具体的人影,你要对着一个具体的人说,就像对着一个朋友或者亲人那样说话。"

这是全新的指导,玫玫说她记住了。由于化妆间里尚有其他人在场,齐林不好说就像是对着岳父或者岳父的灵魂说话。但玫玫肯定听懂了。尤其令齐林感到满意的是玫玫的顺从,她不再那么拧巴了。齐林心想,这才是一个好演员应该做到的。

演出可说是非常成功。诗剧长达两个半小时,中途竟无人离场,甚至连上厕所的都没有。全剧在电子合成器的呜咽声中落幕,所有的观众起立鼓掌,掌声经久不息。坐在第一排的齐林被扮演老方的男主角邀请上台,和演员们站成一排互相搭着肩膀对着台下鞠躬谢幕。虽说这不过是惯例,剧场里的观众大多是剧组人员的亲友,前来捧场的,另一些则可能是文学爱好者,齐林的粉丝,慕齐林的诗名而来;即便如此齐林还是深受感动,眼睛不禁湿润了。

坐在台下观剧时,玫玫的表演齐林看得尤其仔细。平心而论她演得太好了,大大超出齐林的预料。疯女人如此专注,又那么心不在焉,每走一步每一个动作都非常缓慢,既像是心事重重又似乎出于自动。两种不同的元素结合在一起,她是如何做到的?再就是齐林重点指导过的那段台词,玫玫的表演简直令人惊艳。她缓步走到台前,立住,半响,突然就从疯子的状态变得清醒无比。玫玫目光坚定地看着前面(看见了一个具体的人),然后就像谈心一样用一种诚恳而又清淡的语调说道——

> 从那时开始我就是一个疯子了。既然是

一个疯子就应该待在街上，街头就是我的家，我的岗位在这儿，再也没有理由住在别人家里了。我需要自食其力、自我打理，生活就是这样的。疯子的生活也是一种生活。再见！

说完，玫玫又进入到女疯子的状态，慢慢蹲下身去，双手在舞台上扒拉着。同时轻声哼出一首自编的歌谣。

> 挖、挖、挖虫草
> 挖了虫草发大财
> 发了大财买大房
> 买了大房生宝宝
> 挖、挖、挖虫草
> ……

诗剧的名字叫《虫草小镇》，以下是齐林亲自拟定的剧情介绍：记者老方来到因虫草热而迅速兴起又突然衰败的虫草镇采访，意外听说了一个传言，世界会因为镇上两个疯子的见面而毁灭。为探明真相揭穿这无稽谎言背后的秘密，老方展开深入调查，各类人物和势力粉墨登场……疯子见面后会发生什么？或者，我们看见的是一个已经毁灭了的世界？

通过现场演出，齐林不禁加深了对该剧主题的认识。所谓的毁灭并不一定就是世界的毁灭，或者小镇的毁灭，不需要那么大的动静，个体才是重点。而个体的毁灭也并非死亡，是人还活着，但内心已经垮掉，变得面目全非……

诗剧一共演了两场，是否继续演出有待商业方面的评估。尽管在文学、诗歌圈里获得了一致好评，甚至引起了轰动（诗人齐林竟然自编自导了一部舞台剧！），但评估的结论仍然是不适合商演，除非将两个半小时的时长压缩到一小时之内，二十三人的庞大剧组（包括剧务人员）变成五至七人（包括演员）。

齐林不是没有信心修改该剧，只是觉得没有必要了。作为一件作品《虫草小镇》已经成立，他的专业还是单纯写诗，写小说、文章，总而言之是一个"写"字。导演工作不过是诗歌与戏剧表演结合的一次尝试。

齐林和玫玫又待了一周，一方面等待商业评估，一方面也是修整一下的意思。近两个月来，为了这个戏以及岳父的事，他们实在是太累了。一周以后，结论仍然没有下来,但齐林已经决定不演了。他遣散了剧组人员,顿时觉得轻松无比,计划第二天就和玫玫回宝曰,看望岳母并给岳父扫墓。

"回宝曰的车票订好了吗?"

"已经订了,明天中午的车回。"玫玫说。

他们使用的动词是"回",而不是"去",和一个多月以前完全不一样,似乎宝曰才是他们的家、工作所在地。大概和他们在宝曰住了很长时间有关吧,那里也的确有他们一套租借的但没有住过一天的房子……

到达宝曰时天已经黑了。事前,齐林并没有通知毛医生,因此没有人来接站。小雨霏霏,他们忘了带伞,冒雨穿过一小段露天空地,然后上了等在路边的网约车,也很方便。这辆车把他们送到了以前住过的那家酒店里,熟门熟路,他俩登记住宿。等到了房间里,齐林这才想起了什么,问玫玫说:"我们为什么要住这家酒店?"

玫玫愕然。她也没有想到,为什么就订了这家酒店,前台给他们安排的甚至就是以前住的那间客房,同一间。

"完全没有必要呀,"齐林说,"这家酒店离车站很远，明天去你妈那儿也不方便，条件也一般……"

"离医院近呀……"玫玫如梦似幻地说，接着自责，"我还以为是以前呢，爸爸还活着，在医院……"她都快要哭了。

"也对，也对。"齐林赶紧打圆场，"离医院近就是离毛医生近，明天去看你妈以前不是要请毛医生吗，请宝曰的诗人吃饭，大家都帮忙了。"

齐林丢下玫玫，拨通了毛医生的电话，告诉对方他和玫玫就在附近："离你大概五百米吧，就是以前我们住的那家酒店。"

毛医生很兴奋，责怪道："你怎么不早说啊，早说你要来，我就不去开这个会了，去车站接你们了！"

原来他在外地开会，人不在宝曰。

"你们什么时候走？"毛医生问，"我这边的会要开三天，但我可以提前一天回，改签一下机票就行……"

齐林赶紧制止毛医生，说："我们主要是去看一下岳母，安排一下，过两天就回了，诗剧的事还没有完。"

齐林想，一切都是鬼使神差，天已注定他们会有这一番故地重游，并不是为了和毛医生会合。

齐林和玫玫出门去吃饭。本来准备邀上毛医生一道去商业街找一家像样的饭店，现在已没有这个必要；如果在附近解决，他们最熟悉的就是那家饺子馆了，那就饺子馆吧。大概从这时候起，他们的行动轨迹开始变得自觉，或者说半推半就，和冥冥之中的意志有些合上了。齐林和玫玫允许自己的情绪沉浸进去。

从酒店里要了一把雨伞，齐林撑着，玫玫挽着他的胳膊，他们走进雨地里。雨并不大，但如果不打伞的话，行走起来就不会那么悠闲。即使打了伞，也会有雨丝飘拂而来，打在面颊上凉飕飕的，令人愉悦。

在饺子店里匆匆吃完水饺，再一次来到外面。其实，并没有必要吃得那么匆忙，就像有什么事在催促他俩一样，到了外面才发现并没有任何事，他们不需要像以前那样前往病房了。当然此刻回酒店睡觉太早了。齐林看了一下手机上的时间，八点刚过，这一带却像深夜一样安静（因为下雨？）。路上几无行人，偶尔有一辆车飞驰而去，黑暗中响起水花的泼溅声。甚至路灯也很稀少、暗淡，围墙上方的雨雾中耸立着医院大楼模糊的影子。有灯光从半空中的窗口映出，既遥远又神秘。看着那些灯光齐林心想，想必有人正在痛苦呻吟，有人垂死挣扎，没准有一台手术在大楼里进行……但即使是垂危的病人也都与他们无关了。

因无事可干，也为了消食，他们绕着医院的围墙转了好几圈，后来终于离开医院来到一个地方。这儿不是他们租借的房子所在的小区吗？他们不是故意要去的，信马由缰就走到了这里。玫玫那儿有房门钥匙，但他们并没开门进去，甚至都没有走进小区。玫玫认出了那套房子的窗户，指给齐林看，也就这样了。

窗户漆黑（上下左右的窗户都亮着），理应如此。

"那是我们的房子。"玫玫说。

"是啊，这附近有我们精心安排但没有展开的生活，"齐林心里想，"但现在一切都没有意义了。"

"你在想什么？"

"我在想，爸爸就在这里。"

"我也这么觉得。"

"老苏，我对不起你，太对不起了！"齐林索性站了下来，对着前面空旷的街口说道。

"你怎么了……"

"也许，我们不该把你从 ICU 病房转出来，我们不该急着回去排戏。"

"林林，别这样……"

"我辜负了您对我的信任，真是对不起，太愧疚了……"

突然齐林意识到，以上这段和玫玫的对话并没有发生，或者只是发生在他的意识中。他们根本就没有停下脚步。之所以意识到没有停下是此刻他们停下了。此刻、现在，他们止步在一条幽暗的小巷里，雨也停了，路面一片漆黑，有一枚小石子反射着不知哪里射来的光线，闪闪烁烁的。玫玫被发亮的石头吸引，才拉着齐林停下来了。

"太奇怪了，哪里来的光线？"玫玫说。

"是很奇怪。"

"这块石头真亮啊。"

"是雨光，雨水泡着的。"

"那其他的石头为什么不亮呢？"

齐林收了伞，两个人蹲下，换了几个角度看那块小石头，光亮依然如此。"就像眼睛一样。"玫玫说。她将小石头捡起，找出随身带的纸巾擦拭一番，小石头终于不亮了。但玫玫还是包起了石头，放进她带的包里。

两人站起来，继续向前走去。

回到酒店房间，齐林收到毛医生发来的微信。他刚写了一首诗，请齐林指教。毛医生说很遗憾，这次不能当面聊诗了,但这段时间以来,自己一直在思考齐林的话,诗人应该从自己的专业中汲取灵感,从自己的经验、所学和擅长中,如此写出来的诗才会有个性。这首《医院》是他的一个尝试,务必请齐林担待,不要嫌弃。毛医生怎么突然就写了这样一首诗呢,大概是受到了齐林他们来宝曰的刺激,齐林就是他写诗的条件反射……

下面是毛医生的这首《医院》。

> 医院是另一个世界
>
> 喧闹,是谁家的顶梁柱倒塌
>
> 寂静,是死神降临
>
> 那里的人类也吃饭
>
> 胃管下到小肠
>
> 也排便,通过人工造瘘
>
> 也睡觉,在镇痛棒的作用下
>
> 也有性生活,在全麻以后的睡梦中
>
> 也有事关系到金钱
>
> 住院费和医药费拖得太久
>
> 也有权威、白衣天使和魔鬼
>
> 由我们的医生和护士扮演

他们下班回到这一个世界

就像回到了天堂

需要临窗喝上一杯。下面

探视的人像过江之鲫

陪护、打杂的是一帮小鬼

发小卡片卖病号饭的耗子似的

在下面的大楼里穿梭不停

突然一声悠扬的佛号升起

南无阿弥陀佛

齐林给毛医生回微信：你写得太好了，一个大诗人诞生了！

素素和李芸

北门广场

一天晚上,我和素素、李芸坐在北门广场的花坛沿上聊天,一个人影突然走了过来。我们坐的地方靠里,基本没有灯光;那人站下后撩起上衣,肚子上有一个大洞,塞着一个木头橛子之类的东西。我拿起放在花坛水泥沿上的手机,举到耳边,同时说:"你干吗?"从对方的角度看,我可能是在打110报警,也可能是打另一个电话。下一秒那人空咚一声跪下了,趴在地上就磕头。我说:"有什么事,你好好说。"那人直起上身,黑暗中伸过来一只手。我故意慢悠悠地掏出钱包,找出一张面值大概是五元的人民币,递过去;他拿上钱,站起来一溜烟地走了。步履轻盈得要命,瞬间就没有了影子。我的手上残留着烂钞票软塌塌的感觉。

　　这一过程中，素素和李芸都没有说话。也许是事发突然被惊到了。她俩始终都在笑。是前面我们的交谈十分愉快，笑容没有收敛住，还是觉得在这样的情况下保持微笑是最恰当的，我就不知道了。她们一直在笑，而且笑出了声；我由于需要处理眼前的变故，并没有多加注意。或者是事情已经处理完毕，我回过神来她们才开始笑的？我只知道她们的笑肯定不是嘲笑，有明显的赞许成分。我的镇定给她俩留下了沉稳可靠的印象，在她们的心目中加分了。

　　然后我们开始谈论那人肚子上的大洞。既然肚子上有洞，为何走路如此轻快？我告诉素素、李芸是假的，那人是装的。由此我说起，以前旧社会有一种乞丐被称作"恶要饭"，比如拿一把刀划自己的身体，你不给钱他就再划一刀。要不手臂上盘一条蛇，敲开你家门就放下那条蛇，也不说话，蛇就游进屋里的床肚里面去了。给了钱他再把蛇捉回来，盘在手臂上走人。素素、李芸听得一愣一愣的，惊讶的表情胜过刚才看见那人肚子上的大洞。

　　北门广场只有一家茶社兼咖啡馆，也可以喝酒。从我们坐的地方能看见咖啡馆的灯光，门口的小彩灯一闪一闪的。我们没有进去坐是我的意思,一个男的带俩女的比较奇怪,而且是两个美女。加上李芸是大江卫视的主持人,她主持的节目虽说始终不火,但还是有被人认出来的可能。

我问素素、李芸喝点什么,她们说也没什么想喝的。于是我要了三瓶啤酒,让服务员打开瓶盖递给她们一人一瓶。我对待她们的方式就像对待哥儿们。

三个人坐在花坛沿上一人抱着一瓶啤酒,在素素、李芸看来肯定很浪漫。广场上有不少形迹可疑的人,我们边喝啤酒边聊天边看风景;那些人隐藏在黑影里或树丛间,并不会打搅到我们,只是构成了某种神秘氛围。"都是些什么人呀?"李芸说。

"谈恋爱的,偷情的,拉皮条的,"我开始胡说八道,"走私贩毒的,当然最多的是流浪汉,找个地儿睡觉。"

"不会吧。"

"当然了,像我们这样的组合绝无仅有。"

肚子上有洞的人出现以前,我们的话题比较严肃,聊的是人生、艺术。那人走了以后就开始聊别的,但主要还是聊那个肚子。我进一步指出,那个洞是画出来的,而塞在洞里的东西是用胶水粘上去的。素素说:"画得可真像。"

我说:"肯定不像,也没有必要像,现在这样的光线下无论怎么画都像是真的,这不过是一种提示,告诉你我肚子上有一个洞。如果他在肚子上写一个'洞'字,我们也会看见一个洞。"

素素和李芸都觉得我说得很有道理。

铁手

认识李芸以前我就认识了素素。当时我是单身,不免四处寻寻觅觅,素素也没有男朋友,于是就成了我的一个潜在目标。这么说,是因为我对素素并没有一见钟情的感觉,只是觉得有某种可能性。素素更是一个慢性子,对我的态度也不是那么冲动的,但显然很有好感。我和素素开玩笑,也许也是一种试探,"什么时候给我介绍一个女朋友,"我说,"你是搞艺术的,认识的人多。"

"我不是搞艺术的,是做衣服的,裁缝。"素素说。

"服装也是一种艺术,尤其是时装,不单是艺术,而且是最流行的艺术!"

素素听了很受用,虽然她的志愿是做制服、工装之类,一直想自己开工厂或者搞一个作坊。这个朴素的理想我觉得很是不俗。然后，素素真的就带过来了一个美女，就是李芸。

素素学的是服装专业，在大江卫视打工，负责李芸那档节目的服装，主要就是负责李芸的衣服。她会帮李芸量身定做一些衣服，要不就去服装店里买现成的，更多的时候则是去借，录好节目再将衣服还给店家。李芸每期节目都得穿不同的衣服，于是素素便骑着她那辆电瓶小摩托在大江卫视和服装店之间往返不息，中间可能还有一些洗涤、熨烫工作。由于这个原因两人走得很近，成了闺蜜。

我和李芸自然没有任何可能，因为不是一路人。李芸的出现只是我和素素进行中的一个插曲，或者一个节目。我让素素给我介绍女朋友，她就介绍了一个，这到底是什么意思呢？我只会这么想。我和素素是在逐渐趋近，还是正在远离，或者近一点再远一点，远一点再近一点……总之看不见那个必然的方向。之后就有了三人约会的格局，比如那次在北门广场。

李芸对约会倒是充满热情，每次都是她主动，定好时间、地点，她和素素分别前来，有时她俩也会同时出现。后来我也明白了，李芸主要是想听我聊天，她则有提不完的问题，关于爱情，关于人生、人性以及性。我尽其所能地回答李芸。我一向好为人师，况且面对的是两个美女。

我们谈论的问题都比较抽象。李芸会问：一个人会不会同时爱上两个人？如果会，对这两个人的爱有没有侧重？既然有侧重，那么对爱得较少的那个人的感情还是不是爱？爱情和亲情的区别又在哪里？哪一种感情更刻骨铭心？男人可以和不爱的女人上床吗？没有感情的性是更刺激了，还是更没意思？男人到底是怎么想的？男人到底是一种什么动物？

因其抽象，我也只能泛泛而论。我心想，李芸肯定是一个有故事的人，她不会平白无故问我这些的。

每次约会结束我都会送素素，这也是惯例了，毕竟我们认识在先。其实也不能说是我送她，这个说法不准确。素素骑着那辆电瓶小摩托，我怎么送呀？我不会骑摩托，不可能是我带她，我们也不可能推着摩托走，就像推一辆自行车那样，只有素素带我了。我跨上摩托车后座，搂着素素的腰，那也是在她的要求下才搂上去的——为了安全。搂上去之后毫无暧昧的感觉，或者说素素没有让我有这样的感觉，她的腰没有让我有此感觉；素素的腰就像是一个柱状物，被我握住了，事情就是这样的。我们和李芸告别，一路颠簸，穿行于大街小巷，我觉得我送素素实在是给对方添麻烦了。

不送也不行。如果我不送素素就得送李芸，那素素把李芸介绍给我不就真的是那么回事了？还有一种选择，谁也不送，三个人各自回家，似乎也不妥。毕竟是男女约会，哪怕是一男两女，完了男的总应该送女的，就算是送一个女的回去也是必须的……

素素住在老城区，那一带非常破败，需要在昏黑的巷子里和杂乱无章的居民区穿行。我心想，如果我一个人再来，即使是大白天也不可能再找到这个地方。突然我们就到了，素素停车，我跨下摩托，她一次都没有邀请我去家里坐坐。我知道素素一个人住，没有和父母住在一起，也就是说这一路上搂了半天素素的腰并无任何意义。但素素很礼貌，会告诉我她住哪栋楼，哪个阳台或者窗户是她家的。我稀里糊涂地一看，表示知道了，认识了。素素说："下次找机会来玩。"她说的是"下次"。

这样送了几次之后，我不免觉得有些过分，太生硬尴尬了。有一次我想改变一下，当素素指着一扇黑洞洞的窗户说是她家的时候，我没有马上离去，而是向对方伸出一只手。素素也伸过来一只手，和我握了握，尴尬没有减轻反而极速加剧，都快爆表了。我忙不迭地甩开素素的手，转身就走，就像逃跑一样飞奔而去。我在黑巷子里乱闯一通，终于来到了灯光明亮的大路上。

那次和素素握手最致命的感觉还不是尴尬，是素素的手，非常之硬，她就像戴着铁手套一样，让我想到好莱坞电影里经常出现的海盗假肢上的铁钩。那么漂亮的女孩手居然这么硬，我完全没有想到。再次见到素素，我特地打量了她那双手，手形完美，皮肤细嫩，看上去并无异样。但在那漆黑的小巷里就是那么硬，难道是在我们相握的一瞬间变硬的吗？

我找到老童，告诉了他这件事。老童说："女人手如姜，有福，手硬本来是好的，但硬到你说的那种程度就是大不吉了。正因为宜手硬，所以不能太硬，负负得正……"

老童是不赞成我找素素的，对他那套神秘主义我也持怀疑态度，但他的说法就像素素的铁手一样，还是给我留下了很深的印象。的确是太硬了。

白足

"铁手"以后,李芸再约三人见面我便会尽量借故不去,素素就更不主动了。起劲的只有李芸。三人约会我也不是完全不去,李芸约三次我大概会赴约一次,总之有快半年没见到她俩。某日,我路经钟楼商业区,金贸大厦的台阶上一个女人的声音叫我的名字,抬头一看原来是素素。这不奇怪,素素家好像就住在这附近,奇怪的是有一个小伙子和素素在一起。素素挽着那小子的手臂,阳光下盈盈而笑,那口因小时候服抗生素变色的牙齿此刻更黑了,不过看上去十分可爱。那小子绝对是一表人才,甚至于玉树临风,我吃了一惊。据我所知,素素是没有男朋友的,难道说在我们没见面的这段时间里她交男朋友了?或者说以前就有男朋友,只是我不知道?素素非常热情,站下来准备和我多说几句话,我则慌不择路,和她打了个招呼就走过去了。我的反应也很出乎自己意料。回到家,我正琢磨是怎么回事,素素的电话来了,这也让我很诧异,因为素素从不主动打电话给我。她问:"你怎么急急忙忙就走了,家里有事吗?"

我总不能说是因为那小子吧?"我急急忙忙吗?"

我说,"没有吧,很正常啊……我估计是你们有事要办,是不是采购结婚用品呀?"

素素说:"你是说我弟呀,他不是我男朋友,是我亲弟弟。"

我不禁脸红了。好在隔着电话素素看不见。

因为这件事,我发现我还是很在乎素素有没有男朋友的,很在乎那个位置是否空着。再一想,素素其实也一样,主动致电我,不就是为了解释她弟弟不是她男朋友吗?怕我误会。而怕我误会说明她对我也是有想法的,将心比心……

然后我就改变了策略,开始主动约素素了,或者说我改变了节奏,加快了步伐。我约素素的时候没有同时约李芸,素素和我亦有默契,来的时候都是一个人,没有叫李芸。我们都不提李芸。后者倒是给我打过几次电话,说什么时候我们再一起聚聚。李芸说的"我们"自然包括她和我以及素素。我说:"好啊好啊,找时间,最近我在赶一篇稿子……"

我在写的这篇"稿子"其实就是素素,心里想:无论质量如何、是否会被采用,的确应该完成、投寄出去了。

一开始我并没有和素素单独相处,而是按照我习惯的程序，把她带进了朋友圈，老童、洪伟、赵昌西这些人都见过了。实际上，他们以前就见过素素，但那会儿她属于圈子里的女孩，没有归属。但现在每次都是我把素素约过去的，出双入对，这帮人自然就认为我们是一对了。或者说我画出了一条界线，宣告我正在追求素素，哥儿们不得染指。一帮人去保龄球馆打保龄球、去壁球馆打壁球、去某个游乐场开卡丁车、去马场骑马……我都会叫上素素。我们同时出现在朋友们的视野里，素素承受着来自这帮家伙的目光，毫无退缩之意。运动完毕，一帮人去洗脚房洗脚，素素也一如既往地跟随前往。

在一个大包间里，六七个人分两排躺坐，六七个服务小姐给我们洗脚、捏脚、修脚。女客人只有素素一个，她毫不畏惧，脱了鞋袜伸出一双雪白的大脚丫。洪伟油嘴滑舌，对每个人的脚都品评一番，到了素素这儿也不避讳，直言素素的脚长得漂亮，简直可以说是美，完全没有必要拾掇，修剪去老皮什么的都是多余的。又说这样一双脚被服务小姐按了对方应该倒付钱，又建议我亲自下场，帮素素揉捏一把。素素盈盈而笑，这是她唯一的反应。

素素的脚的确无可挑剔，白净丰腴，大脚趾的骨节略大,好在她的整个脚掌都大(估计穿三十九码鞋),比例上没有任何问题。我知道这帮家伙多少有点不好意思,洪伟大发议论也是为了打破尴尬,否则他们的眼睛都不知道该往哪里看了。只有老童面无表情,我突然想到,他是知道"铁手"这件事的。老童肯定在想,素素的脚看上去美丽动人,没准摸上去是铁板一块。老童的想法就是我的想法,或者说老童的反应提醒了我……

酒店情人

这一阶段李芸多次提出三人见面,都被我和素素婉拒了——素素因为工作关系,自然经常见到李芸,但李芸要见的其实是我。李芸终于憋不住,或者听说了什么,一天她打电话给我,开门见山地说:"我要见你,只约了你,有私事向大师请教!"如此一来,我便不好再加以推辞。

某天下午,在大江卫视楼下的一家茶餐厅,李芸做东,我们从喝茶一直聊到了吃晚饭。李芸的确有事,当然了,也不是什么急事,这件事由来已久,和以前我们三人约会时李芸提的那些问题多少都有关联。啜着陈年普洱,后来吃晚饭是喝着茶餐厅里最贵的红酒,李芸对我和盘托出。

原来,她有一个情人,是外地的,也是干电视这行的,不是主持人,也不是干幕后的,"做行政方面的工作。"李芸说,"我就不说他名字了,总之在行业里大家都知道,说出来怕对他影响不好。"

"那他贵姓?"

"姓也不说了,姓比较古怪,一说也都知道了。"

"那我们就称他王总吧。"

"嗯,王总好,但最好也不要叫王总,就叫老王吧。"

"老王好,老王好。"我说。

命名问题解决以后,李芸告诉我,老王和她一样是有家庭的。李芸有家庭我也是第一次听说,但不便多问。李芸快速掠过这一节,对我说:"我和老王的地下情已经有两年了。"然而整件事的最特别之处还是他们是一对"酒店情人"——暂且这么说,因为似乎并没有更合适的说法。

两年来,他们谈情说爱没有出过酒店。倒是满天飞,去过很多城市,两人甚至在纽约、莫斯科、马尼拉都约会过,但也仅限于这些地方的酒店。一般是分别抵达,各开各的房间,之后在老王的房间会合(老王可以报销，住宿标准高），进去以后就不出来了，直到幽会结束。有时是一天，有时是两到三天，也有半天的，总之不得走出酒店房间的门，吃饭则由酒店餐厅送餐。自然在国外会稍稍宽松一些，他们可下到酒店餐厅吃饭，去酒店酒吧喝酒，甚至去酒店的游泳池游泳，也就这样了，绝不可以迈出酒店大门半步。这是他们在一起的约定或者说纪律，老王严格执行。有时候也无此必要，尤其在国外，谁认识谁呀。老王说，怕就怕习惯，不良习惯养成后后患无穷，好习惯才能让他们长此以往，相爱到永远。

"性格决定命运要改一改了。"老王说，"习惯才是命运。我们的命运就是在一起，因此需要与之匹配的习惯进行保障。"

李芸说（对我），现在她看见酒店就发怵，感觉比较复杂，既充满了热望，又有些不堪设想。那是她和老王欢愉的唯一场所，但只要进去就出不来了。想起酒店餐厅的饭菜她就很恶心，但想到和老王亲热又会幸福得眩晕，就是这么一种既眩晕又恶心的感觉。

李芸说，她也就是找我说说而已，一时半会儿和老王的关系还无法割舍。老王说，等他儿子上了大学就马上离婚，和李芸结婚，可那个儿子才读小学三年级，得等多少年啊。最让李芸感到疑惑的是老王如何和他的太太相处，他们有大把时间，可以自由走动，去哪里都行。他俩可以一起逛街，一起去电影院，一起出席各种场合或者场面。在电影院看电影的时候是不是一个搂着另一个，而另一个在吃爆米花、喝可乐？如果看的是一部恐怖片，关键时刻黑暗中她会不会尖叫一声直往老王怀里钻？我说："李芸你真想多了，你说的这种情况应该是校园情侣，太他妈幼稚了。老王的儿子读小学三年级，他们也是老夫老妻了。"

"我不管。"李芸说，"我就是想象不出他怎么和他老婆在一起，烦死人了！"

"那你和你老公呢？"

"我们没小孩，只是名义上的夫妻，否则也不会有老王。"

"那还不是一样的……你应该换位思考，你的处境就是老王的处境。"

"他也这么说，你们男人怎么都这么说呀，是不是约好的？"李芸盯着我看了半天，又说道，"看来男人和女人是不一样，女人跟着心走，男人是身体动物，没有一个好东西！"

这就有点无理取闹了，或者在撒娇了。

最后李芸承认，她心里憋屈得厉害，说出来就轻松多了。她告诉我，自己和老王的事甚至都没有和素素说过，或者没有说得这么全面。听到素素的名字，我不禁警惕起来，毕竟我约素素没有叫上李芸。我说："没怎么和素素说也对，她是老实人，不像我那么复杂，说了她也可能不会理解……"

李芸接过话茬道："也不见得老实，素素读大学的时候挺乱的，脚踩几条船……"

我不免有点吃惊。倒不在于听说素素在大学时代很"乱"，而是，李芸竟然开始说朋友的坏话。"喝酒，喝酒。"我说，试图把话岔开。

李芸没有理会我，反而更来劲了。"就是现在，"她说，"素素也是有人的，那男的和老王一样，有老婆，两人玩玩而已。人素素想得开，闲着也是闲着……"

越说越不像话，甚至不惜粗鄙。我微微而笑，始终没有搭李芸的腔。也不是完全不感兴趣，或者嫌李芸表现粗俗，我只是在想：李芸为什么要对我说这些？只有一种可能，我和素素单约的事她听说了。也许，今天李芸约我说了这一大通不过是为了说素素，她和老王的故事不过是一个长长的引子。但李芸为何要败坏素素呢？这就更难理解了。对我有兴趣？她已经有老王了——还有老公；对我没兴趣，又何必要说素素的不是和隐私呢？我始终没有想出个所以然来。

摊牌

这是一次典型的具有目的的单约。我做了几个菜，请素素来我的住处赴宴，告诉她除了我和她没有其他人。

那天下雨，素素还是穿着雨衣骑着她的小摩托过来了。我打着伞去楼下的巷口接人，把对方领上楼。将素素的雨衣挂在门背后，我再次钻进厨房，继续准备二人晚餐。素素跟进厨房，两人在灶台边忙活，很像那么回事。我的厨房很小，彼此的胳膊、手肘、腰胯时有磕碰，煤气灶上的炒菜锅里发出刺啦刺啦的油炸声。我的围裙不知什么时候到了素素身上，她从帮厨变成了主厨。于是我走进客厅去布置餐桌，特地点上两根蜡烛。晚餐开始时我熄灭了电灯，只剩下烛光照耀，与此同时雨下得更大了，雨点噼噼啪啪地敲打着窗户玻璃……总之气氛营造得很充分，很意味深长。

对我来说，这是最后摊牌的时刻，素素显然也心知肚明。当然我们都不是少男少女了，不可能直奔主题，问对方道："我们交个朋友怎么样？"或者更低级的："你觉得我这个人怎么样？"也不可能酒过三巡，站起身来一把搂住就往卧室里拖。我的目的并不在此。我是把素素当成未婚妻人选考虑的，以结婚为目的，不是"耍流氓"。这也是我们拖延至今才准备揭晓答案的根本原因。因此，我们的表达只可能是暗示性的，以相互的默契作为基本前提。如果双方合拍，下面再怎么狂都无所谓。

我们喝着我准备的一坛加饭酒，有一句没一句却十分有心地说着。具体的字句我记不清了，因为言说方式不免隐晦，需要翻译——翻译给自己听，再把想说的翻译成晦暗未明的"半成品"说出来。素素大概的意思是她是认真的，如果跟我（当然她没有说跟我，而是跟一个比如像我这样的男人）在一起，肯定得结婚，有婚姻前景作为保证；并且在正式结婚之前不会发生身体关系。本来，这也是我的意思，以婚姻为目的，当然对婚前不得发生关系我持保留意见。其实这些不过是小节，是可以通过进一步磋商解决的问题；但听素素这么说，言辞婉转而态度决绝以至于十分刻板苛求，我的心理不免起了变化。我想到了素素的"铁手"，想到了她的"铁足"，更要命的是想起了李芸对我说的素素的故事。上大学的时候她很"乱",为什么就不能跟我乱呢?和一个有妇之夫有染,只是玩玩而已,为什么和我就不能玩玩而已?我不是说我只是想和素素玩玩,是她这种另当别论的姿态引起了我的反感。我在想:本来我对你就犹豫不决,话说白了就是没多少感觉,你又有什么资本和我讨价还价呢?通往婚姻的过程不就是先试婚再结婚吗?先有爱欲再组建社会性的家庭。你对其他男人可以做的事,为什么对我就不能做?难道我这人抛开婚姻前景对你来说就没有作为男人的吸引力吗?对你来说我难道就不是一个男人,激发不了你作为一个女人的本能?!

思虑至此,我便沉默了。对我来说,事情已经谈崩了。我们这种充满暗示的交谈有一个好处,就是,即使谈崩了也没有多余的尴尬,所以我们仍然继续喝酒。

素素自然也明白了,但似乎心有不甘,她暗示性地做了松口的尝试。然而我已经毫无感觉。大概为了做最后的确认,我借着酒兴说:"让我看看你手相。"素素伸过她的右手,我一摸,仍然很硬,"铁手"并非是黑巷子里才产生的幻觉。烛光映照下,素素的手看上去更柔美有型了,但质地冷硬,就像是塑料制品。

其实我也不懂什么手相，胡乱说了一通，就把素素的手像一件东西一样地递还给对方。

蜡烛即将燃尽，我完全可以不去换新蜡烛的，拉着素素的手在烛光熄灭的一瞬间做点什么——直觉告诉我，素素不会拒绝。但我什么都没有做，起身去书架上拿来新蜡烛换下旧蜡烛的残根，同时顺道摁亮了电灯。我是这么想的：如果我只开灯不换蜡烛的话，变化会比较突兀；如果我只换蜡烛不开灯，没准素素认为我还想继续，因此我既换了蜡烛又开了灯。看我做这些的时候素素完全无动于衷，也没问我为什么换了蜡烛还要开灯，这不是多此一举吗？

下酒菜凉了我没有去火上热一下，素素也没有将凉了的菜拿到厨房去热一下，我们之间的确有相当默契。她之所以没有马上起身告辞，是因为雨没有停，并且越下越大。这次约会的后半程就是听雨。我们不再说任何话，只是看向窗户，听着雨声噼噼啪啪、稀里哗啦，然后雨声变小了，最后完全消失没声音了。素素又坐了一会儿，时间恰到好处——大约一刻钟，之后站起身来说："我该走了，太晚了。"

我拿上素素的雨衣，送素素下楼。在楼下，我帮素素套上雨衣，她说："雨已经停了。"我说："万一路上再下呢,你总不能停车再去穿雨衣吧。"

素素骑上她的小摩托颠动着穿过积水,驶出了小区大门。我没有要求送素素,这也很好理解,我们并不是从某个酒吧出来,或者结束于北门广场这样的地方。她是从我家离开的,送到楼下已经尽到了责任。

爬山

这以后我再也没有约过素素,集体聚会也不再叫她。我和素素、李芸的三人约会自然也无法重返。由于李芸单约过我了,新的渠道已经开通;现在,如果李芸想让我开导她,直接打电话给我就可以了。我因为不再约素素,和哥儿们在一起的时候便会叫上李芸。身边总得有一个女孩不是?否则大家又得为我操心了。

春天来了,我们的玩法有了变化,暂时不去保龄球馆或者壁球馆了。开始爬山,进行户外运动,每周一次浩浩荡荡地向元霞山顶进发。这项运动不过是以锻炼身体为借口,其实就是郊游,因此参与者甚众,几乎所有的哥儿们都参加了,或者参加过。他们叫上自己的配偶、女朋友或是潜在的追求对象,或是没有归属的只见过一两面的女孩,带着塑料布、各种食品、照相机以及录像机在约好的地点会合,之后向元霞主峰爬去。一路欢声笑语,"女眷们"银铃般的笑声极具穿透力,回荡在山林间……

元霞山海拔六百多米,如果一口气登上去的确能达到运动的目的,但途中我们要野餐,这才是大节目。展开一张塑料布铺好(下垫毛毯),四角压上石头,大家席地而坐,拿出各自带来的食物、饮料和啤酒,边喝边闹,一顿饭要持续到日影西斜。之后,急急忙忙地胡乱收拾一通,再次回到上山路上,继续攀登。有的人吃饱喝足或是喝晕了,拒绝再爬山,那就坐缆车上去。也有人干脆不上山了,从半山腰就此往下走,去上山的起点等大部队下山。聚齐后大家再去城里的某个饭店吃一顿——还有一顿。更鸡贼的则直接去了饭店,坐进包间点好了菜,在那儿喝茶醒酒坐等。

李芸绝对是"主战派",要爬山的。不仅要爬山,她还有强烈的竞争意识,要第一个爬上山顶或者得拿名次。这应该和她的职业有关。李芸即使不爬山,每周也得去健身房,既然爬山了那就需要好好爬,物尽其用。并且野餐时她也吃得很少,基本无福享受吃喝的乐趣。然而李芸毕竟是公众人物,情商颇高,一下子就和大家混熟了——这点不像素素。李芸和运动狂人洪伟比赛谁先到达山顶,向神秘主义者老童请教她的命运,看手相、算八字、起卦、读星盘……这真是太好了,由于李芸能融入其中,我就彻底轻松了。说到底李芸是我叫来一起爬山的,但并不是我的什么人;对她我似乎有某种义务,却无须限制其自由……

大家各爬各的山,李芸、洪伟以健身减肥为目的,兼带娱乐。老童、赵昌西代表"主和派",在他们看来爬山就是春游,需要一路玩上去,累了就乘缆车下山。我属于中间分子,比较暧昧,随人,随便,既不像李芸、洪伟具有争先意识,也不像老童之类对主战派加以嘲笑。每次我都是坚持上到山顶的,即使坐缆车也是往上去的,单程。下山我则全凭双腿,因为那会儿缆车已经停运了。

一次我乘缆车率先上到山顶,向下俯瞰只见李芸、洪伟撅着劲儿在石阶路上向上冲刺,最后还是洪伟抢先一步抵达山顶平台。李芸气喘吁吁地冒上来,山道路口边恰好有一张长条形的水泥凳,李芸当即就躺了上去。她仰面而卧,胸口起伏不已,我注意到李芸的嘴唇都发白了。闭着眼睛,一滴眼泪自眼角自然流出……尤其是她的嘴唇,灰白一线,不停地翕动着。

那种灰因有口红或者原本的血色打底,因此看上去十分性感。我不由得想:她高潮的时候大概也是这样的吧,嘴唇也是这样的一种难以言喻的灰白或者灰红。由于心中闪过这一念,我对李芸的想法不禁起了变化。

不二人选

我和李芸又开始单约。当然,还是她主动约的我,地点仍然是大江卫视楼下的那家茶餐厅,李芸仍然主要聊她和老王。

由于心理畸变,我不免会从老王的角度去体会他们的事。在他(老王)看来,他和李芸的关系是平衡的,双方都有家庭,只不过自己多了一个儿子,受儿子的羁绊暂时无法离婚。如果老王没有孩子呢?李芸是否还会觉得他们的关系不对等?我觉得李芸仍然会这么想。我问李芸是不是这样,对方诚实地说:"没错,我还是会不爽,只要他有老婆!"

"那如果老王离婚了呢,你是不是就没事了?"

"是,只要他没老婆,没别的女人……"

"那你呢,不是还有老公,有两个男人,就不担心对方感到委屈?"

"我不一样,我那只是名义上的。"李芸说,"你以为我不想离?我的情况比一般人复杂,但作为一个男人应该可以理解……"

说这些话的时候,李芸直视着我的眼睛,就像我是老王,或者老王是我。突然我反应过来,我已经把自己给绕进去了,这不是在说我吗?和老王相比,我既无孩子也无婚姻,不正是李芸心目中的不二人选吗?只要我不要求结婚,或者不要求李芸马上离婚……当然了,我们的相处只能局限在酒店里……感觉上如果我把话挑明并点头同意,李芸立马就会换马。也许是我自作多情了,对方并没有那样的意思?但只要我愿意,也是完全可以争取的,促成李芸换马……

我还真的思考了一番——一面应对李芸探究的目光。首先是酒店的格局,听上去非常诱人。两个人关上房间门,几天几夜,或者一天一夜,或者也不过夜,总之不出房间,那能干什么?对于一个长期处于饥渴状态、对李芸的嘴唇充满欲望的男人来说,可谓是梦寐以求,太有吸引力了。梦想的大餐此刻就在眼前,我不禁有些激动……当然,离开酒店,我们将各自回家;我回我的单身汉的狗窝,李芸回到她老公的怀抱，我会无所谓吗？假如我是爱对方的，难免会深感不平（不平衡），以至妒火中烧。但我爱李芸吗？这事儿还真说不好，太超前了。我想起情种赵昌西说过，判断你爱不爱一个女人其实特简单，如果她和另一个男人上床你不嫉妒，那就是不爱；反之，一想到她和别的男人上床你就嫉妒得发狂、不能自已，那就是爱。李芸回到家和她老公躺一张床上（据说是名义上的），我会有感觉吗？至少此刻想起来我毫无感觉。但时间长了呢？如果自始至终都没有感觉，那我就将体会到另一种相反的情绪，自由放飞或者逍遥洒脱……

我可以做到吗？或者说，我能经受得住吗？能坚持下来吗？正是在这件事上——从酒店离开以后，而非在在酒店相处的事情上（这是李芸担心的问题），我开始纠结。感觉上我不会有任何问题，但理性告诉我不是那么回事……

这次见面以后我和李芸又约过几次，我们始终没有挑明。我一直处于犹豫中，没有决断。

我犹豫不决，李芸更不着急，反正她有老王，没有闲着。李芸绝对是一个骑马找马的人，我这头没有落实她是不会和老王断的。这一点我也看出来了。当然，我还看出了另一点，就是一旦我有了决断，同意或者争取替代老王，她马上就会和老王分手。就像喜欢竞争一样，李芸有其强硬的一面，是一个果敢的女人。

我们见面的时候，李芸依然口不离老王，翻过来倒过去和我讨论她和老王的关系。否则，我们也的确没有什么可聊的，她也没有理由找我。虽是老调重弹，我注意到李芸也在慢慢变调，对老王的不满与日俱增了。说他除了老婆周围始终围绕着一帮女人，连助理也换了个女的，是个狐狸精，诸如此类。我知道李芸是在为日后离开老王做铺垫。总之这个人（老王）变得越来越不可爱，以权谋私，喜欢潜规则，梦想三宫六院，像他那个位置上的男人一样油腻得可怕。"很恶心，太恶心了。"这是李芸的结语。"我怎么会喜欢上这么一个男人的呢，没长眼睛。"最后李芸说，"天下的男人又不止你一个！"

就这样，我和李芸约了不下十几次。有时单约——都是李芸主动约我谈老王，也有我把她叫出来集体活动的情况，比如爬山。持续的时间约有半年。并没有规律可言，有时候一个月见好几次，有时一两个月也不见。如果有段时间李芸没打电话了，我自然会想：肯定又是去外地会老王了。会老王其实不需要多少时间（一天，两天，三天？），但每次见过老王李芸都会平静一段，不那么心旌摇曳，那么骚动了。也就是说，李芸见老王加上见面之后的平静期，一两个月里没消息也是正常的。在这一两个月里我就会仔细体会，我嫉妒吗？不爽吗？吃醋了吗？回答从来都是否定的。因此我对替换老王这件事又增添了一分信心。

圈子里的朋友不知道这番原委。我和李芸的暧昧他们看出来了，没有抵达最后一步成为一对也很明显。这帮人并不知道老王的存在，甚至也不清楚李芸的婚姻状况，不免认为我在李芸面前露怯了。李芸是公认的美女，又是娱乐圈中人，他们这么看情有可原，于是就有了诸多的开导和促成。开导是单独开导我，促成则是把我和李芸拉到一块儿，开一些完全没有必要不无粗俗的玩笑……

鼻子、包

一天，赵昌西特地把我和李芸约到家里，小娥亲自下厨。后者是赵昌西新交的女朋友，两人在一起一个多月，正处于热恋期。自己的日子过得潇洒，也希望朋友如此，大概是这么个意思。此外，赵昌西还叫了老童——想促成我和李芸又不能过于明显,如果只请我们就太明显了。也有可能老童是李芸让叫的,她对老童那一套(算卦、看相)一向很感兴趣。

赵昌西家地处老城南,两间未拆迁但等待拆迁的平房,外部环境比较脏乱,进到房子里却能感到小日子过得异常红火,甚至温馨甜蜜——就是有一点庸俗。李芸已经到了,坐在一张簇新的长沙发上,冲我面露微笑。我总觉得有哪里不对劲,后来反应过来,那张新买的沙发上附着了一层塑料皮没有揭去。赵昌西说小娥不让去掉塑料皮,说要保护沙发。李芸就坐在这样一张沙发上,腰杆挺得笔直,显得和周围格格不入。但抛开这一点,抛开李芸的优雅与此间平庸之间的不和谐,我还是觉得有问题。是我们快两个月没见了,记忆和现实有了偏差?还是……当我把注意力集中到李芸的脸上,不禁恍然大悟:李芸的鼻梁变高了,两个眼睛靠得更近……"你难道……"

"没错,"李芸当即大方地承认,"我去韩国做过了,弄了一下鼻子。"

说着李芸将她的脸迎向灯光,在竖立在沙发边的落地台灯的照耀下,硕大挺直的鼻子放出光来,就像上了油。她再次侧了一下脸,从我所在的位置看过去,李芸的鼻子变得透明。"怎么样，怎么样？"李芸边说边继续更换角度，"我是不是更漂亮了，更美了？山根垫起来运气就会变……"

赵昌西、小娥自然说更漂亮、更美了，简直就像是仙女下凡。李芸显然更关心我的反应，用那根新鼻子的尖端指着我："老陈，你说句话。"

我只好说："你不垫就已经很完美了，完全没有必要……"

"那么垫了呢，是不是更好看了？"

我说："我说了不算，这得问老童。"

李芸垫鼻子是为了改运，这比美不美更加重要。我击中要害，她不说话了，带着她的鼻子和我们一起静候老童的到来。

李芸垫了鼻子以后不仅完全变了一个人，我所迷恋的某种性感也荡然无存。李芸最性感的是嘴唇（在我看来），说来奇怪，鼻子一动整个嘴部都起了变化；极度兴奋或者衰竭时抿成一线的灰白或灰红色嘴唇，如果配上现在的鼻子真是不堪设想。仅就鼻子论，李芸以前的鼻子鼻尖略翘，有一个自然可爱的弧度；现在倒好，一根如此巨大的鼻子，怎么看我都觉得像男性阳具。鼻孔还一大一小……

然后，老童就进门了，大家上桌，推杯换盏。说了一些别的后，话题就又转到了李芸的鼻子上——所有的人都惦记着鼻子的事。老童也了解到有关的情况，当李芸向其讨教隆鼻改运的事，他说："改运是肯定的，但往哪个方向改就说不定了。"

"那我做这个鼻子是好，还是不好呢？"

李芸也不再关心是变美了还是变丑了。"这么多年了，我半红不红的……"

经过算卦、拆字以及看相，总之挪开杯盘碗碟老童捣鼓了一番，之后郑重其事地说："这个鼻子做得不好。"

这以后气氛就变得尴尬了。小娥说："什么好不好的，漂亮就行，女人嘛，就得漂亮，美丽的女人自然命好。"

"红颜薄命。"赵昌西说，"女人太美了也不行。"

"偏见！都什么时代了，长得好的女人成功率更大，机会更多，挣得也多，这是有统计数字的。"

"我是说太美了不行，像你就恰到好处……"

"好啊，你是说我不漂亮，那你找一个漂亮的去，找一个像李芸这样的去！"

两人开始了一场甜蜜的争吵，当然是故意的，为了把饭桌上的气氛鼓噪起来。这一切都是因为李芸的鼻子,但却是为了我,而我,已经完全没有任何兴致了。

饭后,小娥领我们去她和赵昌西的卧室,看两只包。

赵昌西的房子只有一间客厅、一间卧室,客人带的包、脱下的外套小娥接过后就会拿到卧室里去。她显然部署了一番,名义上是参观卧室,其实是看我和李芸的包。此刻,两只包赫然并列在大床上的枕头上,像两个人似的并排靠在床头。李芸的包很小,是个大牌,我背的就是一只普通的帆布双肩包,很旧而且有些褪色了。风格迥然不同,包看上去似有性别,就像一个粗粗拉拉不拘小节乃至风尘仆仆的男人和一个小巧精致高贵典雅的女人同卧一张床上,倒也绝配。

"怎么样,怎么样?"小娥说,为她的"杰作"兴奋得手舞足蹈。"老陈的包和李芸的包,是不是天生的一对啊?"

如果李芸没有做鼻子,我肯定会不好意思,怎么反应就不知道了。但这会儿她做了那个鼻子,我已经无所谓了,大大方方地对小娥说:"不就是我的包和李芸的包躺一起了吗?我们的包可以躺在一起,人却不可以。"

"为什么呀,为什么人就不能?"

"人家已经有老公了,躺一起是要犯法的。"我说,"包躺一起我已经很知足了,很过瘾啊!哈哈哈哈。"

李芸没料到我会这么说,顿时满脸通红。据我对她的了解,如果我不是这样的反应,她反倒不会难为情;正因为我的反应是"否决",并且说出了她已婚的秘密,李芸这才挂不住了。她什么都没有说,走过去,拿起自己的包放在了墙边的一把椅子上。现在,那罩着床罩铺得异常整洁的双人床上就只剩下我的包了,孤零零地耸立在一只绣花枕头上。我说:"我好孤单啊,哈哈哈。"

跟着我笑的只有赵昌西和小娥,笑得非常尴尬。老童早就回到了客厅里,他肯定觉得太无聊了。

鼻子以后

赵昌西、小娥请客以后,我就没再约过李芸,集体聚会也不叫她了。李芸肯定明白了我的意思,但应该不知道是因为她的鼻子。李芸打过几个电话约我,亦被我婉言拒绝。当然,作为正常交往的女性朋友,李芸是没有任何问题的，我也不可能那么小气。我告诉对方说，最近我在闭关写一本书，和自己约定暂不出门，她有什么问题可以在电话里讨论。

就这样，我们通过电话又聊了几次她和老王，基本没有新内容，李芸仍然苦恼不已。就我看，李芸的焦虑是典型的食之无味弃之可惜，但我没有这么说。我倒是很想问一下老王对她鼻子的反应，话到口边还是忍住了。没准，做鼻子是老王的主意呢？没准是老王陪李芸去的韩国，一起去做的呢？没准隆鼻是老王出的钱，这鼻子是老王送她的一件礼物。比如李芸过生日，老王说："我送你一个鼻子吧。"总之和李芸通电话的时候，我不禁会想到鼻子的事，但嘴上一次鼻子也没有提过。

也许是心灵感应，一次李芸又打电话给我，开始仍然是谈老王，后来突然说："我又去韩国弄鼻子了。"

"什么……你还做上瘾了……"

"不是不是，"李芸连忙解释，"不是你想的那样，我把鼻子又做回去了，假体拿掉了。"

我惊讶不已，不知道说什么好。我只听说过整形做脸做上瘾的，没听说又做回去的。难道李芸悟出来了，我对她态度的变化是因为鼻子？她想干吗，再续前缘吗?可我们之间压根儿谈不上什么前缘……电话这头我的沉默就像一个深深的疑问,李芸终于憋不住了,"不是听老童的吗,"她说,"老童说隆鼻对我不好。"

原来如此。

不过,我还是动了一下心,要不要去见一次李芸?当然也只是动心而已,心只动了一下。我告诉自己,我的好奇心不过是欲望的残留,而仅有欲望是绝对要坏事的——幸亏李芸做了那个鼻子,点醒了梦中人。现在,李芸虽然拿掉了鼻子(那个假体),我的觉悟已不可同日而语……我打消了去见李芸的念头,开始想:如果她提出见面,我该如何谢绝?好在李芸始终没有提见面,我们不见面只通电话也已经成了习惯。

经过这件事(不再和李芸见面),我亦有另外的总结,就是不能在家里请客,无论是我家还是朋友家。一遇上家宴,我和女性朋友(尚不能称为女朋友)的关系必然会发生变化,还没有到女朋友那一步,关系就变了。我在自己家请素素以后,我们就不来往了;赵昌西、小娥请我和李芸以后,我和李芸就不再见了。不能带任何潜在的女友赴家宴,倘若如此肯定玩完。

这个总结自然很无聊,我也知道不过是两次都碰巧了。我为何会如此无聊、胡思乱想呢?是因为这种分别也不容易。虽然李芸、素素并算不上女朋友,但我就此失去了目标,又不可像失去真正爱人那样地伤心难过,要死要活,那就只有无聊一下了……

恐怖片

一天李芸给我打电话,提起素素。在这之前,李芸给我打电话的时候从没有提过后者,就像这个人已经不存在了。我也没问李芸,她俩的关系怎么样了,素素是不是还在大江卫视兼职、为她跑服装,她们是否还是死党。我没有问,李芸也没有提。但在这个电话里李芸又开始说素素,并且是专门为说素素的事打的电话。我心想,是不是李芸没辙了,再次搬出素素想回到三人行的格局里去?听她的口气又不像。

李芸问我最近素素有没有联系我,我说没有。李芸说素素联系她了。我说:"你们不是经常在台里见吗?"

"这是两回事。"李芸说,"我说的联系是单独联系,私下的,没有其他人知道……"

李芸的说法很奇怪,没等我进一步追问,她又说:"你应该联系一下素素,找她说说话,素素很信任你。"

李芸十分神秘，铺垫了半天，这才说："素素出事了。"

一天深夜素素回家，发现自己家的门没锁。在这种情况下，大约是惯性使然——我认为并非是因为好奇心，她拔出钥匙还是推门进去了。借着窗外映入的灯光，她看见屋里有两个人影端坐在椅子上（背窗冲门），素素认为自己眼花了，第一反应不是逃跑而是去开灯，再次失去了自救的机会。这时一个男人的声音响起，"不要开灯。关门。"真是太吓人了。之后发生的事只有在电影或者小说里才会出现——其实事前事后都太像电影了，完全难以想象，但这样的事的确就发生在素素身上。

她被两个男人轮奸，之后被迫交出银行卡并说出密码。这还没完，穿上衣服后又被挟持到街上，找取款机取钱。这是一个雨夜，正在下雨，或者雨停了，漆黑的大街，雨光闪烁的路面。一个人都没有，除了两个面目不清的劫匪就是素素了。她在前面孤零零地走着（是否推着她的小摩托？），后面跟着两个匪徒。此刻的素素有多害怕呀，也不知道取款以后他们会如何处置她，是不是会杀了她，就这么走着、走着……这个画面就此在我眼前定格了。

素素没有报案，大概觉得能捡回一条命已经是万幸。她不想让别人知道这件事，也可能和劫匪的威胁有关。李芸觉得素素行为异常，影响到了工作，这才问起的。素素和盘托出。这也说明她俩的关系仍然很铁，如果素素要找一个人倾诉也只有李芸了。

我问李芸："这是什么时候的事？"

"有一阵了吧。"李芸说，"素素对我说是昨天，我觉得应该马上告诉你……"

"有一阵是多久？一个星期还是一个月，或者两三个月，要不有半年了……"

"这很重要吗？"李芸说，然后她想到了什么，"你怎么知道那天夜里下雨了？"

半年多以前，素素骑着她那辆小摩托从我住处离开，就是一个雨夜。李芸不知道这件事，我也不打算告诉她。在我的想象中素素就是那天出事的。从我这里离开，一路颠簸回她自己家……自然事情不可能那么巧，此种联系不是逻辑上的，而是情绪上的，因而更牢不可破，更加顽固。那以后素素不是一直都没有和我联系吗……

李芸又开始说，素素信任我。又说我很会开导人，如果去劝劝素素她会好受一些。"这样的特殊时期，她需要朋友的帮助。"

"我劝她什么，劝素素去报案吗？"

"那倒不必，劝了也没用，我已经劝过了，素素决定不报案了。"

"那我劝什么。谈得上劝吗？事情已经发生了……"

我问李芸，是不是素素让她来找我的，李芸立刻否认，说绝对没有，并且嘱咐我说，如果我去找素素，千万不要提她已经告诉了我。

"是不说你告诉了我她的事，还是不说素素被劫的事，就当我不知道这件事？"

"这件事可能还是要提，否则就没有针对性了。"李芸说，"但不要说是我说的。"

"不是你说的那又是谁说的，我又能听谁说？总不能说是我梦见的吧？"这里的确有一个技术问题。

"那你就不要提这事。"李芸说，"不提这件事只是和她聊聊天，对素素也肯定有帮助。她肯定会自己告诉你的……素素太可怜了！"

我试想了一下去见素素的可能性，不提她的遭遇，只是找她聊聊。甚至聊几次之后和对方谈恋爱，最后娶素素为妻。也许这样对素素才有切实的帮助，此刻我的确也有这样的冲动，心里充满了对素素的同情。

恨不能立刻就把这个不幸的女孩揽入怀中，加以抚慰，抚平她心中的创伤……

自然这是某种偶发的英雄主义的激情，如果当时和我说话的不是李芸而是素素，我们也没有隔着电话，面对着面，我没准就向对方求婚了，或者请求她做我的女朋友。但和我通话的是李芸，有丈夫，有自己的事业，还有一个著名的情人（不是作为情人著名，是行业里的名人），而那个可怜的女孩并不在我伸手可及之处，在她需要安慰、帮助的时候我恰好不在（或者不是恰好在）她身边。我们相隔已经大半年了。因此我只是冲动了一下，随后便回归了理性。

我告诉李芸，这种事非常严重，现在素素需要做的是去看心理门诊。无论是我，还是李芸都无法解决她的心理问题，必须寻求专业人士的帮助，术业有专攻……充其量我们只是一只垃圾桶，可供对方倾诉之用，而在此过程中不经意的一言一行都有可能构成二次伤害，把事情导向相反的方向，引发更大危机。"比如说，"我说，"你把这件事告诉了我，如果素素知道，肯定是对她的一个伤害。"

"除了你，我谁也没说，你又不是别人……"

"话不是这么说。"我说，"既然素素只告诉了你，你就应该把事情烂在肚子里,这是常识。"

李芸无法反驳,但似乎很生气,或者是对我拒绝她的提议(找素素聊聊)很失望。我管不了那么多了,该说的话我必须说出来。

"幸好素素不知道你告诉了我。"我说,"千万不要再告诉素素你告诉了我。"

"本来我就没打算告诉她……"

"也不要再对其他人说了。"

"怎么会呢,我吃饱了撑的!"

"那就这样,我们说好了,就当你没有给我打这个电话。"

"没打就没打,铁石心肠!"

说完李芸就挂了电话。我和李芸一两个月来的电话联系就这么结束了。我让李芸就当没打这个告知我素素出事的电话,她大概体会成了主动打电话给我这种方式。李芸有所误解,但这样也挺好,从此以后她就不再给我打电话了。一次通话"解决"了两个女孩,轻松之余我多少有些不适应;真不知道素素后来怎么样了……

茶房

四年以后，李芸诈尸还魂，再次出现，一个电话打到我的手机上（我的号码一直没变）。她从美国回来了，说是过两天还得回去，回美国——李芸什么时候去的美国？她要求走以前"聚一次"。一来相隔的确有段时间了，我见李芸的心理障碍已自然消除，二来，李芸同时还约了老童，并非单独约我，再加上好奇心……放下电话后我给老童打了一个电话，证实确有其事，之后我们便分头前往李芸指定的地点。

已经不是大江卫视楼下的那家茶餐厅，李芸大概怕碰见熟人吧。这是一家单纯的"茶室"，规格颇高；一间临窗的小隔间，窗明几净，喝茶时室内荡漾着古琴曲似有若无的背景声。始终有一位服务小姐半蹲半跪为我们打理"茶事"，泡茶、洗茶、斟茶……

李芸的样子基本没变，假鼻子确实拿掉了。但正因为曾经有过假鼻子，我曾目睹，对我的认知还是形成了一定程度的干扰。李芸焕然一新不完全是因为四年的隔绝，更是在于那个鼻子的归去来兮，让我似曾相识，又觉得恍若隔世。等坐定了，看得久了，鼻子以外的四年岁月才渐渐地在对方的脸上显露。

我的意思不是说李芸变老了，而是更年轻了，按照现在时髦的说法就是李芸逆生长。我和老童夸李芸一点都没有变，更年轻漂亮了，也不是假话。李芸显然也知道，一面笑纳一面说起美国的空气、在美国的生活。"生活方式决定一切吧。"她说。

关于在美国的生活李芸只说了一个大概，总之是重新做人的意思。她去美国求学，读的是什么国际金融专业，重返校园和课堂让李芸深感愉悦，生活变得非常简单……对了，主要是简单，她全部的精力都用在了学习上，除此之外就是健身和体育运动。在美国运动不免蔚然成风，况且李芸以前就有健身的习惯，自然如鱼得水。每天去两次健身房，还参加了女子拳击俱乐部。李芸素食也已经有两年……

美国生活李芸就说了这些。她的新鲜劲已经过去，说的时候有点例行公事，估计同样的内容李芸重复过多次（对朋友、家人）。最关键的是，我也不相信她约我和老童只是为了说美国。作为某种热身，关于美国的话题也应该到此为止。差不多的时候我问李芸："你怎么就去了美国呢？"

李芸似乎早有准备，脸上浮起终于放松下来的笑容，并轻叹一声说："老王……"

啊，又是老王，他终于"回来"了。

但这一次李芸说的是"老王死了"。当然一开始她并没有说出这个噩耗。李芸从头道来，不免字斟句酌，不再像说美国时那么顺溜。我反倒比较着急，问李芸说："是老王回归家庭了吗？"在我看来这也正常，考虑到他俩相处的格局（酒店情人），时间长了毕竟难以为继；伤心之下李芸远走高飞，去了美国，事情通常都是这样的。

"老王没有回归家庭，他一直都在家庭里。"李芸说。

"那是因为什么？"

"他有了别的女人。"

"别的女人？"

"是啊，不是他老婆，也不是我，是另一个女人。"

也就是说老王另有所爱，这对李芸的伤害自然比"回归"更严重，李芸因此去了美国也合情合理。"也难怪，"我说，"老王那样的工作环境，美女如云，出事也许是早晚的，男人嘛……"

"是啊，"李芸立刻表示同意，"所以后来老王和那女的断了，要回头，我也没有搭理他。"

这以后，李芸才开始说到老王的死。"老王死了。"

她说。

显然她已经想通了,就像老王势必会劈腿一样,他的死也是必然的。"整天在外面应酬,喝酒是免不了的,加上工作压力,加上家外有家,同时应付几个女人,没有一个是省油的灯!……再加是中年危机的年龄,惦记着再上一个台阶,再不上就没有机会了,不生病那才奇怪呢。得了绝症救不回来的也不在少数……"

总之对老王生病以至于不治李芸完全理解,甚至觉得非常正常,但两件正常乃至必然会发生的事(另有情人和身体病变)放在一起就不正常了,或者说对她而言就是一个悲剧。李芸不禁归咎于自己:"如果我不那么绝情,斩断和老王的所有联系,他可能也不会生病吧,或者不会病得那么重……"

说到伤心处,李芸流泪了。一面流泪一面脸上还保持着笑意。眼泪自然是为老王流的,笑意则针对我和老童。李芸又哭又笑的样子看上去让我很难过,除了抽出一张纸巾递过去就不知道怎么办了。老童亦然。"喝茶,喝茶,喝口茶。"他说。我接过老童的话茬说,"对对对,多喝点儿,保持水分。"

我想开一个玩笑,李芸也真的破涕为笑了(不再落泪），并且干了一小碗茶水。看来她的伤心难过随时都可以抹去，已达到收放自如的境界。毕竟事情已经过去很久了。

老王故去已有两年。我在想，实际上李芸早就振作起来了，但或许心里还有点什么，无人倾诉，于是趁回国之机特地约我聊聊，也算是对老王的纪念吧。她和老王的事也只有我知道。同时叫了老童，大概是怕我误会。而且事到如今她对老童也没有必要避讳了。在李芸的讲述中，我能真切地感到她对老王的深情，或者说李芸对老王的感情再也没有必要掩饰。这不禁让我想到，当初如果我和李芸更近一步，就不简单地是她"换马"的问题了。八成我会被拖入一种复杂的三人关系中，不，是五人关系，两对夫妻加上我。幸亏……当然了，也可能是老王的病逝才让李芸感受到对对方的情义，才如此沉痛……

"其实老王爱的是我，最放不下的人是我。"李芸说，"和他老婆只有亲情，小三也只是玩玩。"

我心想，应该是小四吧。但没有说出口。

李芸大概看出了我的质疑，说："这不是我的想象，老王亲口说的，我存了他的短信。"说完李芸拿起手边的手机，开始翻找，找到后递给我。于是我便看见了老王发给李芸的"绝笔"。

由于这些短信是老王在病床上发的，他已病入膏肓，有特定的情境，所以不免肉麻，我就不复述了，总之可以证明李芸所说无误。此外老王表示想最后见李芸一面，他不知道李芸已经去了美国。李芸的回复是一连串大哭的表情。她最终也没有来到老王身边，看上一眼。

我把李芸的手机还给李芸，她又递给老童。老童看完，李芸把手机递给泡茶的小姑娘，让她也看看。小姑娘看得尤其认真，眼泪一串一串地流下，李芸反倒安慰起对方。"好了好了，事情已经过去了。"她说，"要爱就爱一个情深义重的男人，那才算是男人，死也值了！"她这是在说老王吗？是在说他的死吗？

小姑娘不禁点头，泪水都落到公道杯里去了。这时老童说："据说用没结过婚的小姑娘的眼泪泡茶，是最牛逼的！"

自然是胡说八道。我知道老童是开玩笑，以打破这悲悲戚戚的局面。

然后天就黑了，茶房里亮起了灯。临街的窗户外面也华灯齐上，俯瞰的城市开始闪烁。李芸要请我们吃饭，被我和老童谢绝了。临结束以前，李芸又让老童算卦、看信息,她想知道自己什么时候能离成婚。直到这时我才反应过来,她还没有离婚,是一个已婚女人,有丈夫的。又问起自己将来的发展,是留在美国还是回国好。关于现在的生活,李芸倒是没多问(显然自我感觉不错),也没有提她在美国是不是有男朋友了——应该有吧,否则她干吗要问离婚的事?之后我们就散了。

自始至终李芸都没有提到素素,我也没有问,就像这个人压根不存在,或者从来没有存在过。我在想,这可能是我和李芸之间仅有的默契了。

女儿可乐

狗是天生的孤儿，出生后不久就离开狗母亲，但你在狗那里观察不到人类孤儿那样的心理创伤。狗对狗母亲其实无所谓。然后，它进入了一个家庭，对主人的依恋就像对父母的依恋……经过数万年的驯化，狗在基因层面已经和人类生活焊接在一起了。

——摘自《宠物的秘密》

1

她是在加油站被发现的，一帮小孩往她身上扔垃圾。她可不是流浪狗，穿着狗衣服，脑袋上别一朵紫色蝴蝶结。据加油站工人说，她是一个在可乐公司上班的女孩的小狗，女孩开一辆 mini 扬长而去，小狗被落下了。是忘记了她,还是故意遗弃,这就不知道了。

她被送到报社里,报纸上刊登了一则广告,寻找狗的主人。可乐姑娘或者其他人没有前来认领,她却有了一个名字:可乐。

可乐被暂时养在报社的广告部里,我的女朋友杨紫恰好在广告部上班。广告部的姑娘们包括主任,都非常喜欢可乐。

"她太可爱了,"主任说,"要不是我儿子明年高考,不能分心,我就抱回家去了。"

所有的姑娘都表示愿意收养可乐。

主任说:"再等等,看可乐姑娘到底来不来。你们,我也得考察一下,看谁是真喜欢狗,有养狗的条件。"

最后杨紫被选中,她是真喜欢狗。至于说到养狗的条件,那就是我了。

杨紫租房子住,白天要上班。我住在我妈那里,白天要去工作室,但家里有我妈呀。于是有一天杨紫就把可乐抱来了,事先也没有和我商量。"我想给你一个惊喜。"杨紫说,"就算是我给你的一件礼物。"

可乐在客厅里到处乱嗅的时候,我的脑子也开始加速飞转。其时,我和杨紫的关系处于"暧昧"阶段,我是主动追求的一方。如果我拒绝可乐,就等于表明自己知难而退，准备放弃了。杨紫赠我可乐，则表达了长期相处的意愿。问题是我妈，老人家特别爱干净，我们家一向不养宠物。当然话说回来，儿子的终身大事毕竟比她的洁癖更加重要。在很短的时间里，我妈比我先想明白，"哎呀，哪来的这么个小东西，太可爱了！"她说。

现在，我多了一个任务，每天下楼去遛可乐，除此之外生活并无太大变化。每天去工作室写作，别人下班的时候我也回家，如果杨紫来我们家吃晚饭，饭后我们就一起去遛可乐。如果杨紫加班，我就一个人去遛狗。

可乐是小型犬，西施和土狗杂交的，一看就是特别典型的"宠物"。你说我一个大男人，牵着一只不足十斤的宠物狗到处溜达，自己都觉得不好意思。这与我的审美真的不合，即使养狗我也得养大狼犬呀。何况我的一个朋友说了，养宠物是小富即安的表现。我自然不富，也很瞧不上"安"，因此每次遛可乐我都偷偷摸摸的，生怕被熟人看见，心理压力不能说不大。

钟点工小刘，每天下午会来家里帮我妈干两小时杂活。她有一个八九岁的女儿，经常跟着妈妈来玩。我心生一计，请小小刘帮我去遛可乐，也就是在楼下转一圈，大概二十分钟左右。我每个月会给小小刘一百块钱，小姑娘自然愿意。于是，遛可乐的活就交给小小刘了。这样，每天我从工作室回家就可以稍晚一些了，心里面也不再惦记遛狗。

一天，我从工作室下班，还在一楼，就听见楼上一片吵闹的声音。吵嚷声来自四楼，只见七八个大人站在楼道里，围着小小刘又叫又吼。可乐太小，开始我没有看见，后来看见了，她卧在靠墙根的地方，埋着脑袋。可乐旁边的地上有一摊水迹，我反应过来那是狗尿。可乐在人家门口撒了一泡尿。

这栋楼里的四楼比较特殊，住的是一家拆迁户，也就是说把他们原来的平房拆除了才建起的这栋楼。一层四户，分别住着老两口，大儿子、大儿媳，二儿子、二儿媳，三儿子、三儿媳，这会儿都从家里出来了，围着小小刘和可乐叫嚷不已。小姑娘都被吓哭了："叔叔，他们……"

我拉过小小刘，让她别怕。然后拉开随身携带的双肩包拉链，里面正好有一本当天寄到我工作室里的杂志。我撕下杂志内页去擦地上的狗尿，从第一页开始几乎撕到最后一页，叫嚷声在我不无反常的举动下渐渐平息了。我肯定不是故意的,只是某种即时反应。但在拆迁户看来,那可是书啊,一本崭新的书,这人竟然用它来擦狗尿!或许因为他们平时不读书,觉得我这么做是真气极了。他们不知道,这样寄赠的杂志在我工作室里堆积如山,已经成灾了。

我一边擦可乐的尿一边体会着拆迁户的安静和尴尬。之后,我抱起可乐、拉着小小刘就上楼去了。我妈家住在七楼,顶层。

整个过程中,可乐一动不动,到了我怀里仍然不抬头看我。回到家,小小刘才告诉我,大儿媳曾拉着狗绳将可乐向墙上撞过去,因此她才被吓哭的。还好,经过反复检查,可乐并没有受伤,只是吓坏了。我把她抱在腿上安抚了很久,可乐抬起毛茸茸的脑袋又用亮晶晶的葡萄一样的大眼睛看我了。

从此以后,我再没有让小小刘去遛可乐了。

2

可乐在我们家的前五年,可以说是她一生中最幸福的时光,除了那次受到邻居的惊吓就再没有遭过罪。

我妈照顾她的生活,主要还是陪伴。一天二十四小时我妈都是在家的,也就是说,可乐是和主人在一起的。我妈成了可乐的第一主人,可乐成了我妈的狗。

杨紫则负责可乐的外观形象,带她去宠物店美容,亲自为可乐剪毛。蝴蝶结自然是不戴了,不符合杨紫的审美。她为可乐设计了一款特别的"发型",并抱到报社去展览。姑娘们包括主任都说:"太绝了!"

本人除了遛可乐就是和她一起玩。由于邻居事件,后来我也不怎么遛她了,推说外面危险、不太安全。但也不是完全不遛,得看我的时间和心情。我喜欢深更半夜去遛可乐,走在漆黑一片的小巷子里,只有我和可乐。抬起头来,能看见两侧屋檐缝隙中的星星,可乐看不见,我就把她抱起来看。她亮晶晶的眼睛终于和星光对接上了,也有可能只是远处大楼上灯光的反射吧。

在家玩就没有所有这些顾忌。那会儿可乐年轻,活泼好动,根据体力和毛色判断,她大概只有一岁。可乐喜欢从后面扑我的脚,我努力不让她扑到。后来发展成一种特殊的二人游戏,我蹦来跳去,可乐蹿高伏低,同时她发出那种护食时才有的威胁声,就像一种舞蹈。

也有带剧情的表演。

杨紫给可乐买的狗衣服，其中的一件背后缝了一个装饰性的小口袋，小口袋上还缝了拉链。我放了一支香烟进去，宣称"以备我的不时之需"。但不时之需的情况（突然没有烟抽）一次都没有发生过，我取用可乐背上的香烟完全是为博朋友一乐。

当他们的面，我装模作样地说："哎呀，没有烟了，这可怎么办？"环顾四周，发现可乐，"来来来，宝贝过来。"我拉开她背上的小口袋，取出香烟，"啊，这里还藏了一支！"我点上那支烟，十分陶醉地抽着，就像我的烟瘾有多大那支烟可以救命似的。之后，我重新拿了一支香烟放进空了的小口袋里，拉上拉链。我拍拍可乐的小脑袋，对她说："闺女，你就帮爸爸背着吧。"

朋友们报以热烈的掌声，他们觉得真是太有意思了。

由于我把可乐称作"闺女"，朋友们也知道我的意思了，不再把可乐看成一般的宠物。我是可乐爸爸，杨紫是可乐妈妈，我妈是可乐奶奶。朋友们于是自称可乐的叔叔、阿姨，或者伯伯、婶婶。

五年的时光和天伦之乐一晃而过。

发生了两件大事,都是喜事,但对可乐而言却未必如此。

一是我哥哥有了孩子,也就是说我妈有了真正的第三代。她决定前往千里之外我哥嫂所在的城市。当然了,由于年纪和体力原因,帮他们带孩子不太现实,但守着孙子看着他成长是老人家的心愿。

第二件事是我和杨紫结婚了。我们另租了房子作为新房(家),杨紫以前租的房子和我的工作室都没有再续租,我妈的家也就是喂养可乐的房子,现在成了我的工作室。

为何我们没有在我妈的房子里安家呢?原因很简单,我不习惯在家里写作,非得去另一个地方不可,就像上班一样。那为什么我们不住在老房子里,我去租的房子里写作?因为杨紫也要上班,白天我们一离开,房子里只剩下可乐了。如果我在老房子里写作,至少整个白天我和可乐是在一起的。

这是没有办法的办法,也是唯一的方案。从此以后可乐就将独自度过漫漫长夜了。

3

我和可乐开始了漫长的单独相守。其间发生了很多事,又像什么事都没有发生一样。

我作息规律,工作方式机械,来到工作室(现在的工作室)无非是写。以前,那些天伦之乐的场面也只是发生在晚间,我工作之余辛苦一天,正好放松一下身心。大白天我可没有那么多的闲暇。你千万不能招惹可乐,如果招惹,她必然有进一步的要求。可乐跳上我的膝盖,甚至前爪扒着写字桌的边沿。我就这么一边抱着一只宠物狗一边敲击电脑写"世界名著",这怎么可能呢?于是我首先需要做到对可乐置之不理。

可乐哼哼唧唧的,后来也习惯了,不哼了。但我无法摆脱她的视线,上厕所的时候她也得跟着。无论何时何地,可乐总是冲着我所在的方向躺卧,我下意识抬头,总会和她的目光相遇,葡萄一样的大眼睛目不转睛地看着我。无时无刻不被一个人盯着,是一种什么样的感觉?虽然,可乐并不是一个人。她不是一个人,只是一只狗,一只狗,一只狗……我只能这么想了。最后对可乐我不仅能做到置之不理,也可以视而不见了。

可乐就像这房子里的一把椅子、那台饮水机，或者门边我脱下的那双鞋，或者阳台上的那只花草枯死泥土板结的旧花盆。她只是一件东西，甚至都不是宠物或者活物。只有这样我才可能专心致志。

但我仍然是爱她的。

写作间歇，我倚靠在床头看书，可乐就会跳上床来，我用手和她玩猫捉老鼠的游戏。我的双手是老鼠，可乐是猫，被子是障碍物。老鼠窜来窜去，猫又扑又跳……有时，我也会放平了腿，让可乐趴卧在我的胸腹上，我们面面相觑。她那双大眼睛真是亮啊，一眨不眨地看着我，这时我便会和她说话。

"如果有下辈子，你还愿不愿意做爸爸的女儿？"

可乐看着我。

"你不说话就是愿意。爸爸也愿意做你爸爸。"

可乐仍然看着我，我觉得那亮闪闪的是她涌出的泪水。

"那我们说好了，是真做我的女儿，而不是做一只狗狗。"

这样的谈话是因何发生的？我不得而知。大概是为了补偿我工作时对她的置之不理吧。安抚一番后我继续写作，继续对可乐置之不理。她又沦为这房子里的一件东西了。

下班时间我准时离开。开始的时候可乐会跟着我，不无兴奋，以为她也要出门。后来，她也知道了，不仅不跟过来，反倒向房子中间退去。她蹲在客厅的地板上，眼看着我走出去带上防盗门。我注意到可乐的目光是暗淡的，大概也因为天色已晚，我没有开灯。

小刘仍然每天都来，我没有辞掉她。只不过以前她的工作是帮我妈做点家务，现在则是晚上照顾可乐。

吃完晚饭，小刘会来我工作室一趟，给可乐喂食。我要求小刘每天下楼去遛一圈可乐，她也答应了，但是否做到了我不得而知。我没有问过小刘，她只是说可乐晚上挺好的。没有问小刘是怕小刘觉得我不信任她，辞工不干了，那样的话整个晚上可乐就见不到一个人了。

这年冬天，当地流行一种叫"母鸡抱疙瘩"的吃法，一道新创菜肴。其中一家小店的母鸡抱疙瘩特别有名，每天晚上门前必排起长队，一直能排到路口。寒风中大家搓手跺脚，不过为赶一把时髦，第二天到了单位可以宣称：我吃了某某家的母鸡抱疙瘩了！就像吃过没吃过有什么不一样，吃过的俨然高人一等。

我没有单位，不受其影响。杨紫不一样，总是听她在说"母鸡抱疙瘩"。终于有一天我们决定去排队，两小时以后如愿以偿，吃上了这种食物。

不过是一只砂锅，里面炖了一只整鸡，鸡汤油黄，鸡肉是粉红色的，颜色可疑。鸡汤里同时下了面疙瘩。这样就可以既喝鸡汤又吃鸡肉，再吃疙瘩，饭菜一并解决了。其实这是一种很经济的吃法，价钱也不贵，因而才在年轻人中流行的。大概因为排队时吹了冷风，砂锅上来时杨紫胃疼，而我对时髦事物也一向兴趣不大，就这样，我们只是每人喝了一小碗鸡汤，那只鸡根本没动。异常肥硕的一只鸡，足有三到四斤（不算水分）。杨紫灵机一动说："打包我们给可乐送过去吧。"

我们出了小店，打了一辆车，直奔我的工作室，也就是我妈原来的家。

已经有两年多，我没有在晚上去过这栋楼。杨紫在出租车里等我，我提上塑料袋（里面装着那只鸡），奔上楼去。楼道里的照明灯十分昏暗，我心里掠过一个念头：这楼如今也老了，白天的时候还看不大出来……还没有等我想清楚这件事，已经到了工作室门口。我掏钥匙开门，甚至都没有打开房子里的灯，就将塑料袋兜底一抖，那只鸡很沉地落下，滚到地板上。黑暗中我看见可乐白乎乎的一团，过来了，没等她和我亲热，我就将门又带上了。然后冲下楼去。

杨紫问我："可乐怎么样？"

我说："没看清楚。"

"怎么会呢，她见到那只鸡不高兴，见到你不高兴？"

"可能她没想到吧，来不及反应我就下楼了。"

"真是的！"

第二天，我来到工作室，已经忘记了深夜送鸡这件事。打开防盗门，眼前的一幕让我赫然，可乐四爪朝天地仰卧在狗窝里，那只柳条编的筐状狗窝几乎被她压塌了。见我来，她毫无反应。关键是那只鸡，已经消失不见了，客厅的地板上到处散落着白色的鸡骨。鸡骨头有大有小，但一概洁净无比，且构造独立。我捡起一小块鸡骨，发现上面一点肉质都没有。可乐吞下了整只鸡，这还不令我惊讶，让我吃惊的是她竟然吃得如此仔细，真的像是人吃的。就算是人大概也没有这样的耐心吧。那些鸡骨头似乎马上可以用来拼装，装成一只整鸡，一整副鸡架。

可乐是一只白狗，但和满地的鸡骨头相比不免暗淡,也许是她鼓凸的肚皮上没有毛吧。一只十斤重的小狗吞食了一只三斤多的鸡……我破例在上班时间打电话给杨紫,报告这件事。

杨紫既没有惊讶于可乐的胃口,也没夸赞她的智力(如此会吃,就像南方人吃大闸蟹一样),只是说:"可乐太可怜了。"

4

杨紫是可乐的妈妈,可乐是她带到家里来的,因此杨紫对可乐负有难以推卸的责任。

以前,可乐和我妈生活在一起,这就像杨紫生了孩子,因为工作无暇顾及交给了婆婆,无可厚非。我妈去了我哥嫂那儿以后,可乐就成了需要解决的问题。杨紫仍然没有时间带可乐,她得上班,因此目前的格局是没有办法的办法,算是最优选择了。

也就是说白天、晚上两个时间段,其中必有一个可乐需要独处。决定把可乐放在我工作室里,因为工作室比我们租的房子面积大。再就是可乐从"童年时代"起就是生活在这里的,奶奶也就是我妈虽然不住这儿了,但房子没有变,家还是那个家。

杨紫一再问起可乐怎么样了,我当然不能说我对她置之不理,对待她就像对待房子里的一件家具。我言之凿凿,小刘每天晚上都会过去,有时就睡在我的工作室,或者把可乐带回自己家里。杨紫将信将疑,没有深究,就像我没有深究每天晚上小刘是否会遛可乐,一个道理。

杨紫表达自己仍然是可乐妈妈有两点。一是坚决不生孩子,无论我妈或者她父母如何催促、刺探,就是不生。她说:"可乐就是我们的孩子,我已经有女儿了,自己生小孩以后再说!"岳父岳母被气得半死。我妈其实并无所谓,她已经有孙子了,正在千里之外尽享天伦之乐。

我则求之不得。一个狗女儿已经让我手足无措,真要有个人类婴儿我还怎么写作呀。

杨紫做的第二点,是每个周日都会把可乐抱走,送到宠物店去洗澡、剪趾甲、挤肛门腺、美容,领她去公园、草地或者我不知道的地方。如此,我就会清净一天(我没有星期天),写起东西自然事半功倍,感觉上都要飘起来了——无论是所写内容还是人的状态。

所以有时候我会觉得,我和杨紫就像一对离异夫妻，孩子归我，但每周一次对方有权探视，把女儿领走……

局面终于被打破。杨紫说了那句"可乐太可怜了"之后不久，又抱来一只小狗。她的意思是给可乐找个弟弟，好互相做伴，但正是这一举措使可乐遭受到平生最严重的打击，说万劫不复也不过分。

屁屁（我起的名字，据说名字越寒碜越好养活）的血统并不高贵，也是杂交的，但却是博美和泰迪的杂交，继承了父母双方的优点。怎么说呢，屁屁的模样绝对标致，比例极佳，五官俊美到无可挑剔。尤其是他那身柔软的黄毛，摸上去异常舒服，不像别的狗毛很粗糙，又比猫毛蓬松。无论长相、毛色、触感，这样的小狗我都没有见过。如果屁屁是一个人，肯定是明星级别的。他还小，出生不到两个月，那就是小童星了，这就更不得了。总之屁屁一出场就令人惊艳，百伶百俐，人见人爱……

屁屁来我工作室的第一天，就要往可乐的背上跨。自然跨不上去，个头太小了（他大概只有两斤）。这也不是出于性欲，宣示"主权"而已，狗狗的本能。可乐不无厌恶地走到一边去。至此，姐弟俩相处的模式就固定下来，毫不夸张地说，终其一生可乐都没有拿正眼看过屁屁，更不用说主动找屁屁玩耍了。

屁屁不同，年幼好动，总是不断过来骚扰可乐。跨不上可乐后背，也没体格和可乐打架，就冲可乐叫嚷不停。于是我的工作室里不免"童音"缭绕，我忙于调解他们的关系，写作自然无法正常进行了。

我抱着屁屁加以安抚，在床上读书时把他放在被子下面。屁屁钻进钻出，但不敢往床下跳，床的高度对他来说充满危险……我甚至也没法读书，就这样无怨无悔地和屁屁玩了一周，毕竟不是长远之计。

一周以后屁屁被杨紫带回家里。我们租的房子虽然不宽敞，但屁屁毕竟是小狗，按照比例我们家还是足够大的。况且现在上班时杨紫也经常带上屁屁，把他放在挎包里，包口露一个小脑袋，人见人爱，杨紫赚足了面子。

"这狗狗也太好看了，长得像你。"同事包括主任说。杨紫知道这是在夸她而不是诽谤她。

买菜的时候杨紫也带着屁屁，逛商场的时候也带着，杨紫的回头率不禁大增。她和屁屁一天二十四小时几乎须臾不离。而我，现在回家也比以前积极了，因为心里惦记着屁屁。一想到他会站在朝南的阳台上，守望下面小区里那条我必经的小道,心头就会禁不住一热。然后我敲门,屁屁早就听见我的脚步声来到门边,也在里面用小爪子扒门……

我克服了去外面遛小狗的心理障碍,每天都会带屁屁去楼下逛一圈。我知道不会有人说:这么个大男人,遛一只宠物狗。看见的人只会说:哎呀,他像个小人儿似的,太可爱了!

我和杨紫都意识到了我们偏心。反思的结果,我们一致认为问题出在可乐。谁让她不搭理弟弟呢,甚至都不拿正眼看屁屁。如果情况不是这样的,姐弟友好相处,屁屁现在不就还生活在我工作室里吗?我们也有机会好一碗水端平。

"狗狗的嫉妒心太强了,比人都强。"杨紫说。

"没错,"我说,"尤其是可乐。但话说回来,如果屁屁先来我们家,大概也不会理可乐吧。"

"可乐是走失的,来的时候已经一岁多了,屁屁不同。"

"你是说他是你生的?"

"滚蛋!"过了一会儿杨紫又说,"不过也差不多,他来的时候才多大,就像我们亲生的。"

5

五年前,我妈去了南方,因为我哥哥有小孩了,她有孙子了。我妈的计划是,等孙子大一点,她再回来和我们一起过,这里毕竟是她的家乡,有很多老朋友和老同事。开始是孙子太可爱,我妈一再拖延,后来老人家一病不起,想回来也没有了体力。我妈总是说,等身体一好就飞回来,终于没能如愿。

我们的悲痛暂且不论,我妈最终没有回来,对可乐而言却是巨大的不幸,最后的希望破灭了。她有过希望吗?我觉得可乐是有的,也许,直到老死可乐都抱有某种模模糊糊的意识,盼望我妈也就是她奶奶回来……

当我妈病笃,我丢下写作前往哥嫂家陪伴,杨紫周末也会飞过去。屁屁被再次转移到我的工作室,和可乐一起托付给小刘。那两个月正是屁屁"蹿个儿"长身体阶段,因此,当我们料理完我妈的后事飞回来,他已经长成一只"大狗"了。个头和可乐相仿,却匀称挺拔了很多。我怀着一腔悲痛打开工作室的门,一儿一女向我们扑过来。我对他们说:"奶奶没有了。"同时湿润了眼睛。

老人的离去、孩子们的成长让我悲喜交集。接着，我闻见了一股异常浓烈的气味，就像到了兽笼里，实际上我的工作室已经变成了兽笼。屁屁到处滋尿，在我妈房间的大床中央（我妈去哥嫂那以后，她的房间保持原样，床没有动过，只是在床上罩了一块大塑料布）拉了两截狗屎。我第一次也是最后一次动手打了屁屁。看得出来，可乐高兴坏了。

据小刘说，屁屁天天如此。每天她都会打扫，屁屁又会在我妈的床上拉，这已经成了他的习惯。杨紫为儿子辩护，说："屁屁又没见过奶奶。"她又说："你不觉得这是他纪念妈妈的一种方式吗？"我完全无语。

之后，杨紫和小刘一道，彻底打扫、清理了工作室。杨紫终于有所发现，"气味不完全是因为你儿子拉屎拉尿，"她说，"可乐来月经了。"

果不其然，地板上有斑斑点点的褐红色污渍。杨紫用拖把拖了三遍。

她拖地时，屁屁被我抱在怀里，可乐退缩到桌子下面。杨紫让她起开，可乐不动，并呲出牙齿发出威胁声。杨紫第一次也是最后一次用拖把捅了可乐。"你女儿的脾气现在怎么这么坏啊！"她说。

总之，我们回来的第一天，打儿打女，也算是对我妈的一个纪念吧——按照杨紫的说法。

杨紫把可乐、屁屁带到宠物店洗澡，之后她又送可乐去宠物医院做了绝育手术。既为了卫生，也不想让可乐怀上屁屁的孩子。"姐弟两个，那样可不就成乱伦了吗？"杨紫说。

一切都回归了平静。屁屁被杨紫带回了家里。他虽然已经成年，个头比原来大了很多（原来两斤，现在八斤左右），但杨紫带他已经很习惯了。杨紫干脆辞掉了报社的工作，一心一意带儿子。"没见你生小孩呀，怎么就有儿子了？"报社同事包括主任很好奇。杨紫也不说破，收拾完东西就含笑离开了。

当时新媒体开始兴起，报纸越来越不景气，离开的人不在少数。但像杨紫这样回家带狗狗的大概绝无仅有。

可乐则留在了我的工作室里。

现在，我和杨紫的分工很明确，一个带儿子，一个带女儿。如果不考虑我每天晚上都回家，早出晚归，我们越发像一对离异夫妻了，儿子归妈妈，女儿归爸爸。每过一段时间，杨紫会来工作室一趟，带走可乐，去和弟弟见面，一块儿玩耍。有时也把他俩双双送到宠物店去洗澡、打理。但可乐仍然不理屁屁，屁屁仍然骚扰可乐，一再试图往对方身上跨。

对可乐的不搭理，杨紫不免心生厌恶，而对屁屁的企图她则满怀忧虑。杨紫和我讨论，如果姐弟俩的态度对调一下就好了，可乐爱弟弟，而屁屁躲着姐姐。虽说可乐已经做了绝育手术，但万一呢？即使屁屁骚扰可乐不会有任何实质性的后果，但做出如此流氓的动作，杨紫还是觉得丢人。

如果我也在场（比如偶尔的举家出游），我就会抱开屁屁，对他说："你丢不丢人啊，按年纪她能做你阿姨了，你一个小伙子，她一个老太太，至于吗！"

"你怎么这么说话，"杨紫竟然责备我，"太伤人了，可乐听得懂的。"

"这不是你想说的吗？"

"就算想说也不能说出来，当着孩子们的面！"

可乐是否能听懂人话我很怀疑。我的意思是，她真的有可能听懂。论智商，可乐显然高于屁屁。比如吃开心果，可乐可以将果壳"剥开"，只吃果仁，分成两半的果壳很完整地撒落在地上。屁屁只会乱嚼一气。可乐吃鸡就不说了。

可乐没有屁屁长得好看，甚至还是一个"地包天"，但她有一双葡萄似的大眼睛,就像会说话一样。会说话,就能听懂话,我是这么想的。我甚至觉得可乐能看穿自己的命运,否则的话为什么对屁屁如此嫉妒,已经超出了狗狗的本能……

小时候,可乐爱"啃书"。我的工作室里最不缺的就是书,书刊到处都是,有些直接撂放在地板上。我不理可乐的时候她就去啃书,不禁纸屑纷飞。而屁屁只会啃杨紫的拖鞋。

"如果可乐是一个人,一定是块读书的料,"我对杨紫说,"甚至可以读到硕士、博士……"

说这话的时候我真的看见了一个戴眼镜的小姑娘,貌不惊人,待在教室里埋头苦读。

"那屁屁呢,如果他是一个人?"

"那大概只有去混娱乐圈了。"我说,"一个智商高,一个情商高,都是老天爷赏饭吃啊。"

"说得跟真的似的。"

"难道你不这么觉得吗?"

6

时光如流水,从我的工作室里流过去。

可乐自从做了绝育手术，变得更加安静，更像房子里的一件东西了。

由于我和杨紫达成了一个管儿子一个管女儿的默契，杨紫现在已经很少来看可乐，更别说接她和弟弟一起去公园。现在，可乐洗澡也不去宠物店了。因为我没有时间，洗澡的任务交给了小刘。并且我要求，我在工作室的时候不要洗，以免打搅到我写作。晚上我离开以后，小刘过来给可乐喂食、下楼遛她，过段时间给可乐洗个澡。至于小刘到底给没给可乐洗澡，或者多长时间洗一次，我就不知道了，也没问小刘，就像我没有问过她是否每天去楼下遛可乐。

可乐对我也不像以前那么亲热，不再热烈欢迎我。见我来最多摇几下尾巴。后来她真正做到了来不迎去不送，我求之不得。她也不像以前那样，非得看见我不可，已经习惯了和我不在同一个空间里。

现在，她最关心的是去阳台上晒太阳。每天我一到，就会把可乐的狗窝放上阳台，可乐一躺就是一整天。下午，太阳西斜，我就将狗窝换一个位置，好让阳光照到。移动狗窝时可乐甚至也不离开，我拉着狗窝和躺在里面的可乐换一个地方。可乐在阳台上晒太阳，我在房间里打字写作或者看书，两不相干。有时候我忘了搬狗窝，可乐就会站在阳台的门边叫，提醒我做这件例行之事。再后来没有太阳的时候可乐也会躺在狗窝里，她已经无所谓了。真的就像是阳台上的那只泥巴龟裂结成一块的干花盆。

看着可乐蹒跚着小短腿往阳台而去，迈进狗窝，我心里想，可乐老了。完了，抹去这个印象，我便投入到写作中，整个白天都不会想到可乐。晚上回到家里就更不会想了。

有两件事也许值得一说。

一次，我来工作室，刚一开门，可乐蹿了出来。不是迎接我，是门外的走道里有一只小白兔，非常小，比屁屁刚来的时候还要小一半（大概一斤不到）。可乐跑过去张口就咬，叼着小兔子又跑回了工作室。我从可乐口中夺下兔子，还好，小兔子没有受伤，只是身上涂满了可乐的口水，湿乎乎的一团。我敲开对门邻居的门，果然，是他们家的小孩刚刚收养的宠物。邻居千恩万谢，我道歉再三，不提。

我之所以记述这件事，是想说可乐的活力还在，但也说明她的确老了，没有牙齿伤害"猎物"。也可能可乐根本就没想伤害小兔子呢，只是想找它玩，隔着门缝可乐八成已经觊觎了很久……总之可乐对待小兔子的态度不像对待屁屁。

我工作室里不知道谁放了一只葫芦丝，也不知道是什么时候放的。一次，完全出于偶然，我拿起葫芦丝吹了一下。我对音乐一窍不通，也不会任何乐器，那葫芦丝竟然发出了声音。真没有想到，可乐开始哼哼。我再吹，可乐的哼叫声越发明显，二者之间的联系和因果毋庸置疑。于是我便不成调地吹开了，可乐跟着幽怨婉转地哀嚎，她比我更懂"音律"，唱的比吹的好听多了。

我把葫芦丝带回家去，屁屁对我的"吹奏"却毫无反应，我就又把葫芦丝带回了工作室。

这以后，我写累了又不想看书，就会吹葫芦丝。可乐在我妈房间的阳台上歌唱，其声切切，充满了两间房子以及客厅，也会从阳台上飘向外面的世界。她仿佛把所有的不幸、悲伤和委屈都唱或叫了出来。这一节目有时会持续半小时，进行中我能感觉到可乐的情绪甚至灵魂——她是有灵魂的。一旦结束一切又恢复了原状。

春节期间，杨紫的父母来我们这里过年，家里住不下，杨紫给他们在酒店开了房间。她送可乐和屁屁去宠物店洗了澡,把他俩打扮得漂漂亮亮的,我们一人抱一个去见二老。

可乐和屁屁各自表演了节目。可乐表演在葫芦丝的伴奏下唱歌,屁屁则表演靠墙站立。只见他站成一个人形,"双手"举起自然垂于胸前,脸上的表情既惊慌又无辜,实在萌得一塌糊涂。杨紫在一边数数:"一,二,三,四,五,六……"一直数到十,屁屁前爪落地,大家热烈鼓掌。

说实话,屁屁表演的难度比可乐低多了,但显然更受欢迎。针对可乐的歌唱,我岳母说:"唱得是不错,就是太悲了。"

可乐仍然不理屁屁。

我专门设计了他们互动的节目。

前面说过,可乐的狗衣服上缝了一个小口袋,我在里面放了一支烟。我让屁屁也穿了一件同款的衣服,在他背上的小口袋里放了一只打火机。我取出可乐背的香烟,敬给我岳父,然后装模作样地寻找打火机,最后在屁屁那儿找到了。众人大笑。

可乐虽然不搭理屁屁,但姐弟俩协同完成了一件事。我岳父虽然不抽香烟,但那天他还是抽了。

最后,杨紫架起手机,我们全体拍了一张全家福。

二老居中，我坐岳母一侧，杨紫坐在她爸爸身边，岳父岳母的怀里分别抱着可乐和屁屁。在这张照片上，可乐转脸冲着和屁屁相反的方向，故意不看他，非常明显。

直到岳父岳母离开，他们都没有问杨紫什么时候要小孩，大概已经猜到了杨紫的回答：我们已经有儿有女了。

7

时光继续穿过我的工作室流过去，经过阳台，流到了外面的大街上。这时光中有一股恶臭，不是形容，的确是一种气味。

开始我没闻见，每天晚上回到家里，杨紫总是说："你身上有什么味儿，臭死了。"

洗过澡，换了居家的衣服仍然不行，那气味还在。杨紫吸着鼻子，在我身上嗅个不停，真的就像一只狗一样。屁屁就更不用说，跟着闻。后来我也闻到了，显然，它的来源是我的工作室。

"我在工作室抽烟，大概是烟味儿。"

"你以前就抽烟……这不是烟臭味儿。"

我和杨紫不约而同想到了可乐，可我和她根本就没有接触呀。

第二天，我还是敦促小刘给可乐洗了一个澡，但无济于事，我仍然会把臭味儿从工作室带回到家里。

"可能是可乐老了吧。"我说，"这是死亡的气息，是洗不掉的，就像人老了也会有气味。"

"瞎说什么呢！"杨紫不爱听。"肯定是小刘没有认真洗，她也不专业。明天你把可乐带到宠物店去，彻底洗一下，剪毛剪趾甲。"

第二天，我牺牲了写作时间，把可乐带到附近一家宠物店。给可乐洗澡的小伙子差点没被可乐咬了。他勃然大怒，自然不是针对可乐。小伙子冲我吼叫道："有你这样的主人吗，狗狗坏疽了都不知道！"

原来，可乐因为长期不遛，趾甲无处消磨，越长越长，弯过来扎进了自己的肉里。她四个爪子下面都有血洞！可乐的脚上覆盖着长毛，我没有及时发现。实际上，即使可乐的脚上没有毛，我大概也发现不了。

小伙子将洗了一半的可乐擦干后交给我，仍然气愤难平。"真没见过你这样的，太不像话了！"他拒绝收钱。

我把可乐带到宠物医院，剪断并拔出趾甲，清创、包扎。可乐打了麻药,身体硬邦邦的。我谢绝了狗医生住院观察的建议,当我抱着四爪包着纱布的可乐来到外面的街上,她醒了过来,葡萄一样的大眼睛又开始发亮,一眨不眨地看着我。这样的注视我已经久违了。

本以为可乐会挣扎,甚至咬我,但她没有,只是看着我。一阵明显的痉挛传递到我手上,说明可乐的身体机能也恢复了。但她就是不动,一路哆嗦。也许是很长时间没有置身户外了吧,繁华街市车水马龙的景象让可乐很激动。也许,只是很久没有躺在爸爸也就是我的怀里了。

我们没有打车,也没有坐公交,就这么走回了工作室。

8

我的工作室是我妈原先住的房子。老人家去世后,房子就归我哥哥和我共同拥有了。哥哥因为生意上的事,急需一笔钱,他找我商量,把老房子卖了。"这样你分到的部分,我再赞助一些,你就可以买一套新房子了。"哥哥说,"你们总不能一辈子租房子住吧。"

于是就开始卖房买房,当然首先得再租一处房,我需要将工作室搬过去。前面说过,我没法在家里写作。

这套老房子同时也是可乐的家。她自从到我们家后就没有挪过地方,一直被养在这里。老房子真的很老了,可乐也不再年轻,我有一种预感,她不会随我搬到新工作室去。或者也可以说,可乐有了某种预感,她的家将不复存在,因此才开始生病的。

其实也不能算生病,可乐衰弱了。如今去阳台上晒太阳,我都是连狗带窝一起搬过去的。偶尔我吹起葫芦丝,可乐也不再"歌唱",最多哼哼两声。如果我吹十分钟,她也只哼哼两声,之后保持沉默。

自从她脚伤以后,我很注意她的脚,买了专门的剪刀,让小刘定期给可乐剪趾甲。她的脚再没出过问题。但那股臭味还是开始在工作室里弥漫。我仔细辨认,并非是伤口溃烂的气味,也不是因为很久没有洗澡。的的确确,这是老味儿,一种死亡的气息。没有腐烂的气味那么浓烈、恶臭,但更加顽固、迷幻、隐约。

回家的时候,杨紫从我身上并没有闻见臭味,所以我也没对她提及可乐的近况。我只是说,搬了新工作室，我会把可乐带过去，目前我们生活的格局不变。

因为是老病，衰弱，也没有必要送宠物医院，那样的话还会折腾可乐。还是让她安静地待一会儿吧。实际上十五年了，可乐始终安静地待在这栋房子里，但只有此刻的安静是她所需要的，欢迎的。

现在，她吃得很少，小刘经常把她的饭倒掉，再换上新狗粮。每天只喝一点水。我让小刘别再给她洗澡了，不要再折腾可乐。甚至我也不把狗窝搬上阳台了，风吹日晒对她来说过于刺激。我将狗窝搬进了我写作的那个房间，工作时眼睛的余光可以瞄到可乐。她埋着脑袋，一动不动，不再抬起头来看我了。

我蹲下身，拍拍她，这时可乐就会看我，但目光已经暗淡。眼睛仍然像两粒葡萄，却是已经熟透的烂葡萄，湿漉漉的，没有任何光泽。

肮脏的狗毛下面我能摸到可乐细小的骨头。

与此同时，来看房子的人进进出出。可乐也不叫，甚至懒得抬头。有一次一个家伙差一点踩到狗窝里，踩着可乐。"这是什么东西？"他问。

"我养的狗，老了。"

"你会把它和家具一起搬走的吧，我们不养狗。"

"当然，那是当然。"

然而可乐坚持着。卖房的合同已经签了，手续也办完了，甚至我的新工作室也租了下来，交了一年租金，就等搬离。也不知道在等什么，也许是我对老房子依依不舍吧，非得熬完最后的期限不可。我更频繁地去观察可乐，完全无心于写作。现在，她已经彻底看不见了，眼睛上蒙了一层白雾一样的东西。我把食盆端进狗窝里，放在可乐口边，可乐别过头。甚至水也喂不进去了。每次我都会想，第二天早上一开门，没准可乐就已经死了，变硬了，但每次她都还活着，身体上的温热传递到我手上……

小刘说，可乐舍不得我。这话令人心碎……后来，可乐身上就发臭了，不是死亡那种淡而顽固的气味，是一种恶臭。我决定亲自动手，给可乐洗最后一个澡——她小时候我给她洗过无数个澡。

在洗菜的水池里放了温水，我把可乐抱进去。厨房临窗，光线充盈，不像我写作的房间整天拉着窗帘。当可乐身上的毛被打湿，她就缩小了，缩成了一小把，我握着她就像握着一只小鸡，不，准确地说就像握着一副鸡架，就像可乐吃剩的鸡骨拼装成的那副鸡架——我想起了那件事。一只十斤重的小狗已经完全耗尽，狗毛贴着骨头。如果我不扶可乐，她肯定会马上倒下。最可怕的是可乐的眼睛，里面全是脓，只有脓没有别的。我的眼泪一下子就涌了出来，那葡萄一样亮晶晶的眼睛啊……

沐浴液泡沫进入到可乐的眼睛里，她不躲不避，任我摆布。也许可乐已经没有痛感，或者说已无力表达痛感。我清洗了可乐的眼睛，把她抱到我的床上，用睡午觉时盖的那条毯子擦拭她的身体。然后插上电吹风开到最小一档，轻轻吹拂。我一面机械地按流程干着这一切，一面在想：这有什么用？这又有何用……

第二天，可乐仍然没有死。

第三天，她仍然活着。

"没有必要啊，宝贝，我们还有下辈子。"我对她说。但我最想对可乐说的是："没有必要啊，可乐，下辈子你就别再来了。"

正在一筹莫展的时候，老丁来了。老丁是我最好的朋友，我们相交已经快三十年。其实我和老丁并不常见面，尤其是这些年，各忙各的。他突然来我的工作室敲门，事先也没有打电话或微信留言。

"没事，我只是路过。"他说。

然后他就看见了，就看不下去了。并非是可乐的状态让老丁看不下去，而是我犹豫不决的样子。随即老丁拿出手机，联系了一家"一条龙"服务。他让我抱上可乐，老丁拍拍我的后背，我们就出门去了。

可乐的情况杨紫是知道的。即使我不说，我身上的气味她也可以闻到。杨紫要带屁屁来工作室看可乐，被我制止了："就让她和我单独待几天吧。"

"你们不是一直单独待的吗？"

"那不一样，这是可乐最后的日子。"

我没有说，以前我对可乐不理不睬，也只是这几天才腾出了时间。

杨紫不再坚持，表示尊重我的决定。这反倒让我意识到，可乐的确是我的。虽然我和杨紫分别是可乐的父母，但我和可乐更脱不了干系。就像屁屁是杨紫的一样，可乐首先是我的。这一情况是如何造成的？可能是因为相处时间吧，可乐一直陪着我……连小刘都说："可乐舍不得你。"

我特地给可乐穿上了那件缝有小口袋的狗衣服。拉开拉链，里面有一支烟，我没有取出来。宠物殡葬服务公司的人让我们选一支乐曲，我点了葫芦丝演奏。给可乐注射和等待的时间里，那支《月光下的凤尾竹》

始终在房间里回旋。然后,他们将躺在金属面板"工作台"上的可乐取走了。

火化环节我不在场,但有照片和视频为证。照片、视频随后便发到了我的手机上,同时交给我的还有一只小瓷罐。整个过程都很顺畅,甚至完美。那只罐子几乎还是热的。

"他们很专业。"老丁说。

照片上是一些白骨(骨灰),枝枝杈杈的,就像树枝。如何断定这就是可乐呢?好在有视频,喷枪里喷出蓝色高温的火焰,直射砖砌炉膛内小小的尸身,同时伴随着呼呼的声音。我认出了那件红色黄边缝有小口袋的织物,下面不是可乐又会是谁?最后,火苗熄灭,一切都化为焦炭,骨灰是从中分离出来的吧。

照片和视频我只看了一次,后来也没有转发给杨紫。

我把小瓷罐带回家去,放在桌子上。"这是可乐。"我对杨紫说。

杨紫流了一通眼泪,开始安慰我:"她会再来的,下一次没准是个人。"

我说:"是不要做狗了,做狗太辛苦。"

"我听他们说,狗是投水自尽的人的转世……"

经杨紫这么一说我更难过了。

"下辈子不会啦,她又不是人,又没有投水。"她说,"可乐会转成一个大美女,然后来找你。到时候第三者插足,你七老八十了还会有艳福,可就是苦了我了!"

"胡说什么呀,呵呵……"

还是杨紫了解我,知道如何开解我。我不好意思再沉浸在失去可乐的悲伤和内疚中了。

9

新工作室位于郊区的一个"艺术村",自然环境很原始,有山有水。据说这片地方本来要建一个高尔夫球场,后来因故搁置了。为安葬可乐,我们得找一个合适的地方,很自然地想起了这里。

杨紫开车,带着我和屁屁,还有可乐(那只瓷罐),我们一家四口择日前往,感觉上就像去郊游。

葬可乐的具体地点很快就确定了,一个大土丘,前面有一条小河,边上还有大树。我们在树边挖了一个洞,把可乐埋下去。杨紫对屁屁说:"记住呵,你姐姐葬在这里。"

抬起头来,即能看见艺术村的房子。我们辨认出我的工作室。杨紫前几天已经进去打扫过了,在后窗里面放了一盆花,此刻能看见那扇带有花草影子的窗户。在这个视角上我们待了很久。

屁屁难得来这么空旷、荒野的地方,解了狗绳后他兴奋不已,来往奔跃。偶尔回头看杨紫和我,粉红色的小舌头吐在外面,看上去他就像在笑一样。我说:"屁屁,别太高兴,将来你也会来这里陪姐姐的。"

"你说什么呀,赶紧呸呸呸。"杨紫说。

于是我就呸呸呸了三下。但我知道杨紫知道我的说法是正确的。然后,我们这才找路去了艺术村,进到我的新工作室里。

杨紫又开始打扫。我来到那扇窗户前,站在那儿向外面看。那个大土丘看上去就像一座大冢,没准真的是什么帝王陵(没被发现的)。我在想,以后我看见了大冢或者大土丘就算看见了可乐,那只小瓷罐就埋在下面。一个过于明确的标记,使我的目光有了落点。

可乐终于先我一步,进驻了我的工作室。只不过现在她不在另一个房间里,而是在外面,成了我的窗景。

第二天我就搬家了,搬离了老房子,把工作室搬了过来。我和可乐的分离,或者说她和我的分离,几乎不到一周。

写这篇小说时,我通过后窗多次瞭望那土丘,希望它能给我带来灵感和好运。

秦岭

1

1982年,我大学毕业被分配到西安某高校教书。西安位于秦岭山脉北侧,我去过华山、万华山和翠华山,却从没有深入过秦岭山脉腹地,至今也没有。和我同时分来的青年教师里有不少当地人,有的就来自秦岭山中的县市,有的在秦岭生活和工作过。比如尚海波,下乡插队于秦岭山区,后来每过两年他都会组织一帮人去秦岭大山里游荡。

据他说,一次他们来到一个人迹罕至的所在,崇山峻岭间出现了一个镜子般的湖泊,宝石一样碧蓝,波澜不兴。当地人告诫道,这是一个圣湖,不能往里面扔东西。一队友不相信,故意往湖里扔了两块石头。须臾,腾腾两下天边就冒出了两小朵白云。刚刚还晴空万里，不免让人诧异，以至于心惊。除此之外也还好，没有什么可怕的事情发生。

到了晚上，他们来到山顶的一家寺院借宿，扔石头的姑娘就发高烧了，烧得神志不清。其他人都没事。最后还是那庙里的住持念了一番咒，烧了符和水小姑娘服下才转危为安的。

尚海波不说他插队的事，只说他们在秦岭山区的旅行，显然别有用心。他想蛊惑更多的人和他一起游秦岭，从游客的角度看还能有什么比这样的奇闻更具有吸引力的呢？

"去那种地方需要雇用当地人，背上背篓（驮运行李）走上一个月。"尚海波说。

2

我学的专业是哲学，被分到马列教研室，却一心一意想当一个作家。有一阵我经常往西安市司法局跑，我一个大学同学被分在那儿。一来在西安我没有其他亲友，二来，从他那里可以听到一些离奇古怪的案子，对写小说而言是难得的原始素材。S县连环杀人案就是我从李志（同学的大名）那听说的。当时并没有连环杀人的概念，只知道那家伙杀了四五十个人。可能远不止这个数，李志的原话是："从他家家前屋后挖出了四十多具尸体。"

他把它们埋在菜窖里，头足交错码放得整整齐齐，一层下面还有一层，下一层的下面还有一层……猪圈下面也发现了埋尸坑，稻草垛里也藏有尸体——我不由得想起电影里老乡掩护地下党的镜头。总之在李志的讲述中画面全出来了。镜头切换则是一条安静之极的山野公路，杀人者（也就是普通的当地老乡模样）坐在树下的一个茶水摊前，手持蒲扇有一下没一下地驱赶着暮晚时分空气里看不见的蚊虫。

总算，远远走来一个疲惫不已的路人。老乡招呼路人歇息、喝茶。路人将喝茶的大碗盖在脸上痛饮之际，老乡抄起准备好的大木棒从后面兜头砸下，一下再一下……之后山野又恢复了一片无边的寂静，天跟着黑了下来。

"这是一条前往 S 县城的必经之路。"李志说。

有时候，没机会在路人喝茶时下手，天色太亮，或者路人身体强壮，老乡就会热情邀请对方去家里吃饭、留宿。他家的房子就在路边，距离公路不到五十米，孤零零的一栋带院墙的土屋。除此之外这四周就再也没有其他房子了。留宿的路人在睡梦中毙命，老乡从来没有失手过。

如果他是在屋里杀人，就会有另一个人在场，老乡瘫痪在床的老婆。届时她会强撑着病体，坐在炕上持灯给丈夫照亮，照着他杀人，或者杀完以后照着他扒下遇害者的衣服，搜刮财物。老乡会剪下死人的头发，集中放在一只箩筐里，准备日后拿到县城的废品收购站里去卖。衣服也能卖钱，卖掉之前暂时担在屋里的横梁上。土屋低矮，他家房子的横梁上挂满了衣物，一件叠着一件，垂挂下来就像帐幕一样。由于天黑屋里更黑，大山里又没有通电，下一个路人并看不清楚，不会引起怀疑。"当地人本来就有在房梁上挂东西的习惯，"李志说，"谁会往那方面想啊。"

说这案子时李志和我坐在一家羊肉泡馍馆里，李志请客，我们掰着各自碗里的面饼，边掰边说。据说面饼掰得越细碎，过羊肉汤煮的时候才越入味；那天我们的面饼掰得尤其细碎，几乎都成粉末了。

李志说，由于案情过于恶性（那老乡有时也吃人肉），已经惊动了上层，公安部组织了专案组直接进驻到 S 县。案子的侦查、审理和判决都将秘密进行。他嘱咐我不要外传，我自然点头答应。然后，我们就端着掰碎的面饼,排队去大灶边过羊肉汤了。将煮好的泡馍端回桌子,被气味浓郁的热气一蒸我怎么也吃不进去了(虽说已饥肠辘辘)。李志是西安人,很习惯这样的吃法,加上各种案子也听得多了,早就生冷不忌。

我看他吃得满头大汗,见缝插针地问:"那动机呢?"

后者从碗边抬起一张油光发亮的大脸,"谋财吧,"他说,"可那家伙说他是为国出力,因为中国人太多了,所以才这么穷。他说他专杀老弱病残……你还吃不吃?不吃我吃了。"

我表示不吃了。李志拖过我那碗羊肉泡馍,呼呼啦啦又开始一通大嚼,其间也没忘记和我继续讨论。"……事实并非如此,他杀的大部分是年轻人,身体健康没啥毛病……你真的不尝尝?那也算我请过你了……犯罪分子一般都善于狡辩,将他们犯罪的理由合理化和高尚化……"

我心想:真是个怪物,妖怪,大山里的妖怪!但并没有说出来。

3

回到我在学校的生活。我和尚海波的孪生兄弟尚海涛被分在同一间宿舍。他虽然也是应届大学毕业,和我是一个教研室,但我们并非来自同一所大学(他读的西安本地院校,我的母校是山东大学)。而且,他比我大多了,上大学以前就在社会上摸爬滚打过。尚海涛参过军,当过工人,并且已经结婚,有一个四五岁的女儿。母女俩来学校里探亲,我便会搬到隔壁袁伟他们宿舍借宿。袁伟和小江也是两人一间宿舍,我搬进去后就变成三人一间了。

顺便说一句,袁伟和小江都来自成都,和我、尚海涛不在一个系(教研室),但和我们一样都是应届大学毕业刚分来的。1982年,我所在的这所大学一下子分来了二三十号大学毕业生,这样的盛况恐怕以后也不会再有了。

尚海涛把原来宿舍里的两张单人床搬到一起,拼成一张大床,于是就比普通的双人大床都还要大了。母女俩走了以后,他并没有让我搬回去的意思……不对,他也说过"你搬回来就和我一起睡大床上吧,床搬来搬去的太麻烦"。我避之不及,坚决不肯,这样他一人一间宿舍，我、袁伟、小江三人一间宿舍的格局就被固定下来，成为永久性的了。

那张有大床的房间平时就尚海涛一个人起卧，他老婆、孩子来的时候就变成了一个家。有时尚海涛的孩子也不来，只是他老婆一个人来。来了之后帮尚海涛洗洗涮涮，拆被子缝被子，还弄了一个煤炉在房间里开小灶。有时也会叫我、袁伟和小江过去一起吃。我、袁伟、小江的女朋友来了，也会换到那间房子里去，届时尚海涛就搬进三人一间的宿舍里暂住。那是真正的暂住(不像我)，我们的女朋友一走，尚海涛就要求换回来。谁让他比我们都大了有十岁，是这帮人的"大哥"呢。

那间房子作为"探亲"之用的时间毕竟有限，一学期加起来不会超过两个月。更经常的是尚海涛一个人四仰八叉地躺在那张大床上，我们推门进去他立马坐起，挥挥手，那意思是让我们自便。也就是说，这间房子成了大家活动的公共场所，有事没事我们都会往那儿跑。到后来已经成了一种习惯，每天不去尚海涛的房间里碰一下就觉得不舒服。房子已经被说成是"尚海涛的房间"了。我也总算是通过搬宿舍、让房间找到了一个集体，不再像当初那么孤单了。

我们在尚海涛的房间里进行过各种活动。

练习"罗汉神打",教练自然是尚海涛,教材也是他搞来的,一本《武林》杂志。尚海涛现学现卖,按照上面的示意图有模有样地指导我、袁伟和小江。他说:"神打的精髓是十八锤,不仅拳头是锤,脑壳是锤,双肩、双肘、双膝、两胯、两脚都是锤,身体的突出坚硬部位无不是锤……"这些说法都是《武林》上的,但恍惚之间在我们看来他俨然就成了一位绝世高手。

他还弄来一台录音机,我们会在尚海涛的房间里跳交谊舞。没有舞伴兄弟们就成双捉对,也算是一种练习吧。跳的时候不要脸对着脸,互相把脑袋别在一边也就是了。

当然,更多的时候还是做饭,改善生活。尚海涛曾在地质队干过炊事员,做饭是他的拿手好戏。就在他老婆留下来的那只煤炉上,尚海涛因地制宜烹调出各种美味佳肴——他老婆来的时候尚海涛反倒不亲自动手。其中有一道菜,被尚海涛命名为"尿味黄焖鸡";黄焖鸡我们理解,可尿味是什么意思?尚海涛解释说,焖鸡时盖在锅上面的那只面盆是他平时起夜撒尿用的,当然了,用作炊具以前他用洗衣粉已经反复清洗过了,但难保没有气味残留。"你们不觉得有一种特殊的味道?哈哈哈哈。"

"哈哈哈哈。"我们跟着大笑起来,但没有一个人拒绝食用尿味黄焖鸡,反倒抢得更来劲了。所以说,尚海涛这招既成功也不成功。成功在于让大家兴奋无比,永远记住了这道菜。不成功就是并没有谁因此停下筷子——毕竟一只鸡的分量有限,架不住这帮人一通哄抢。

如果吃火锅,就是名副其实的围炉而坐,围着那只煤炉,上面架着铁锅。一瓶啤酒下肚,尚海涛说了开去,说起自己当年在地质队的生活。一支人马居无定所,常年活动在绝壁悬崖或者密林覆盖的大山里,而那座山或者一系列的山便是秦岭。

尚海涛口中的秦岭和尚海波说的不同,和李志说的也不同,既没有圣湖仙境,他也没提连环杀手。他谈论的重点是动物。闲来无事,他们便提着猎枪上山打猎,秦岭山里的动物不要太多了。动物中尚海涛则主要谈论猛兽,有豹子、熊、野猪,还有狼。豹子、狗熊之类的需要提防着点儿,但打狼就像捡柴火一样。经常是这边准备生火做饭,一帮人派去捡柴火,一帮人被派去打狼。狼肉的味道和狗肉差不多……

尚海涛说:"什么时候有时间,比如放暑假,寒假也行,我领你们去秦岭山里打猎。枪?当然我来准备,小菜一碟,你们需要准备的也就是心理和生理……"

"心理……"袁伟说。

"就是不要害怕啦。豹子和熊现在已经很难碰到了,打狼虽然也有一定的危险,好在我们人多,手里又有枪,又有有经验的老猎人带领。谁?就是我啊,所以说一般不会出现任何问题。再说了,适当的危险不正是打猎的乐趣所在吗?"

"那么生理呢?"小江问。

"就是要抓紧时间练习罗汉神打。十八锤或许面对动物的时候不管用,但通过练习可以在体力和身手敏捷方面得到锻炼,户外打猎正好用得上。"

于是我们便从煤炉边撤出,在尚海涛房间的空地上分成两对,练习罗汉神打。尚海涛和我是一对。他一面将我摔倒在地(用一只手托着我的后背,因此我倒地是一个慢镜头),一面说:"这招对动物没有用,但没准对野人有用。"

我躺平在水泥地上,闻着他的脚汗问:"秦岭有野人?"

"有,多得去了。"尚海涛说,"野人的生理构造和人类相同,十八锤八成能用得上。"

尚海涛在我头顶的上方继续说：“野人不是人，身高在两米以上，长发飘飘，力大无穷，虎豹豺狼都害怕它，是真正的山林之王。”这他妈的不是自相矛盾吗？

"当然了，你可以迷惑它。母野人经常下山掳走男性人类，抓到山洞里去做它男人，你就冲它这么嫣然一笑，趁其不备照对方的心窝里就是一个头锤，哈哈哈哈。"

最后尚海涛说："我逗你们玩儿呢。除了野人我说的都是实话，就算没有打到狼，羚羊、麂子、猴子、野兔什么的真的到处都是，山鸡和鸟儿就更不用说了！"

4

为证明自己所言不虚，尚海涛领我们去了学校附近的一个自由市场。那儿什么野味都有，都是从秦岭山区射杀猎获的，然后运到这里放在摊位上或者挂在柱子上售卖。

前往小寨（自由市场的名字）的路上，尚海涛说："你们来晚了，早来几年那儿还有豹子肉卖。一张豹皮钉在墙上，下面一大摊血肉模糊的豹子肉。"

"也许是挂羊头卖狗肉呢。"我说。

"有这种可能。"尚海涛说，"但现在连豹子皮也没有啦！"

即便如此我们仍然无限神往，对往昔的神往加上对远方大山的神往，而小寨正好位于这样的一个时空交叉点上。

果然没有豹子肉，连狼肉、野猪肉也没有。食肉动物一概绝迹，大型食草动物只有黄麂子，四仰八叉地躺在肉案上，就像尚海涛躺在他的那张大床上。有各种羽毛漂亮的山鸡，也有被活捉的，双腿被捆住卧在泥地上，又小又圆的黄眼珠转动着。数量最多的是野兔，通通中弹身亡，用手一摸毛皮下尽是铁砂枪弹。

野兔非常便宜，一块多钱买一对。尚海涛怂恿我们多买一些，说是聚餐时可做红烧兔肉，也可以腌制以后放寒假时带回家乡送人。于是我、袁伟、小江各自都买了不少，加起来大概有三十只野兔，然后挂在自行车后一路骑回学校。从大街上经过时路人无不侧目，我们就像是打猎归来一样兴奋和自豪。

野兔通通被运到尚海涛的房间里，尚海涛亲自剥制，扒皮、去内脏、清除铁砂、码上粗盐，之后挂在窗户上或门头上方晾晒。他刀法灵活，我们在一边递递拿拿当下手，看来他在地质队的生活不是吹牛。我们虽然没有去过秦岭腹地，但秦岭山野的气息已经扑面而来了。尚海涛描绘的秦岭不再只是一个传说，比起尚海波亲历的秦岭或者李志转述的秦岭都要来得真切多了。

说到气息，实际上是一股血腥味。尚海涛处理完野兔之后，那股难闻的气味在尚海涛房间里经久不散。放寒假时我们把没吃完的野兔都带走了，那股子气味仍然在。持续了至少有半年，似有若无的，就像是野兔的魂魄一样。

顺便说一句，那野兔虽然经过尚海涛的精心烹调，但味道并不怎么样，比起家兔肉来差远了。无论尚海涛采用何种烹饪方法（红烧或者油炸），加入何种作料（茴香、八角、料酒、花椒），都有一股说不出来的怪味（酸？苦？涩？臊？），就像是一种土味儿，吃野兔就像是吃土。某种秦岭之土，姑且这么说吧。

5

最终，我也没有去成秦岭。没去成秦岭的原因是我和我女朋友的意见不统一。

　　暑假在即,除了尚海涛准备带领我们去秦岭山中打猎,尚海波也在组织一支去秦岭的队伍。上文说过,这两人是孪生兄弟,尚海波是哥哥,尚海涛是弟弟;两人同时大学毕业,都被分配到我们学校教书。但除此之外两人就再无共同之处了。兄弟俩来自不同的大学(虽然都在西安),所学专业不一,上大学之前一个插队,一个在地质队,毕业后分在我们学校系和教研室也不一样。甚至宿舍也不在同一个楼层。仅仅因为尚海波是尚海涛的哥哥,我们(我、袁伟和小江)才听说了他也在拉人计划前往秦岭。

　　尚海波的目的不是打猎。虽说他描绘了秦岭仙境般的风光以及神秘,看起来是为旅游(当时并无旅游的概念),但我仍然认为其意图十分不明,甚至包藏祸心。历经千辛万苦,只是为了走走看看……我总觉得这里面有拉练队伍的意思,至少也是为了励志吧。

　　尚海波也的确比尚海涛上进,有些瞧不上他喜欢吃喝玩乐的弟弟。尚海波经常会招集一帮青年教师,去他的宿舍讨论国家大事、世界潮流、政治和经济、历史与现状……有时尚海涛也会被叫上楼去,无非是给这伙人做饭,尚海波知道弟弟当过炊事员,饭做得好吃。他们吃饭的时候，尚海涛就端一只铝锅，一个人在炉子边上解决，都不带坐上饭桌的。

我、袁伟、小江如果去秦岭自然要带上各自的女朋友。甚至我们去秦岭的目的，有一大半就是为了讨女朋友的欢心。你想呀，和与自己相爱的人一起前往深山老林，探索未知，共同冒险，那该是怎样的一种浪漫和不平凡……

分歧就出现在这里。

所有的女朋友都觉得尚海波安排的旅行更有意思，所有的男朋友无一例外都站在尚海涛这边，加入哪支队伍一时竟难以抉择。眼看行期在即，通过写信进行的讨论仍在继续，互相劝说、争吵，甚至于威逼利诱，最后袁伟、小江向他们的女朋友屈服了，他们这两对决定跟随尚海波。

我一来抹不开面子，毕竟和尚海涛住过同一间宿舍，又在一个教研室。二来，由跟随哥哥还是弟弟的分歧引发，我和女朋友之间爆发了空前惨烈的争吵，她长期以来脚踩两条船……（和我们要讲的故事无关，我就不具体说了。）总之我们决定分手，等我想回过头去附议前女友为时已晚。

尚海波的队伍浩浩荡荡，朋友、同事加上他们的配偶或者男女朋友有二三十人，择日出发。我们这边则只剩下尚海涛和我。我也曾想跟着这帮人一走了之，可那样一来就只剩尚海涛了。再说了，由于失恋我也没有扎堆凑热闹的心情。

尚海涛没有再提进山打猎的事。我问过一次，他回答说："两个人太危险了，秦岭真的有野人，凭咱俩对付不了。"他倒是要求过去给他哥做饭，不知什么原因被尚海波断然拒绝。尚海涛也没有回家（他家在距西安市区不远的郊县），我问："你为什么不回家？"尚海涛说："那还不是为了陪你吗？"

"是我不回家陪你吧？你被你哥抛弃了。"

"去他的蛋蛋！"尚海涛说，"你被女朋友抛弃了还差不多。"

尚海涛的老婆、孩子也没有来学校，原因不明。每个人都有自己的难处和想法不是吗？

6

尚海涛和我双双留在了学校里。尚海涛甚至将他的那张大床一拆为二，又变回了两张单人床。他让我搬回去和他一起住。我们一起去学校食堂吃饭，一道午睡，有时也去西安市内走走，但更多的时候相对无语，各发各的呆。尚海涛不时起身去水房冲澡，一天要冲十几次，我则捧一本《福克纳中短篇小说集》，努力让自己沉浸进去，争取做到心静自然凉。这样一直熬到晚上，暑热消减，我们这才又活了过来。

晚饭以后，尚海涛和我走出校门去附近的马路上散步，回程时顺便去小店里买一些啤酒，用绳子扎好，提溜着。回到宿舍，立刻去水房冲澡（一天中的最后一次），之后各自爬上床去，倚靠在床头坐好。尚海涛拉灯绳熄灯，我早已用槽牙咬开了两瓶啤酒，灯灭的一瞬间将其中一瓶啤酒顺着桌子推过去。那张桌子（长条形课桌）横着放在两张单人床之间的窗下，桌子两头分别放有烟灰缸、火柴和半包香烟。我们边抽烟边喝啤酒边聊天，夜色如水，烟头明灭，啤酒瓶反光……"就是去了山里也未见得比我们快活。"尚海涛说。

想想他大概觉得表述不够准确，又修正道："也是一样的快活！"

窗户大开，安静之后便有徐徐的凉风涌入。听尚海涛这么说，眼前又什么都看不见，真的就觉得自己已在山中了。窗外也是一片蛙鸣虫叫声，你能说这扇窗户对着的一定就是空无一人的校园吗？说它面对着群山也是有可能的。总之，我们的思绪不离尚海波那支队伍。我在心里盘算，袁伟、小江这两对大概已经见过圣湖了，没准今晚就是在山顶的那家寺院借宿的。

尚海涛开始聊起秦岭山中的岁月。当然，他说的是"那会儿"，而不是此刻，但聊胜于无嘛。并且这一次他聊得足够猛，我的意思是他没有聊打猎，野兽或者野人，竟然说起了鬼故事。尚海波的那片圣湖自然抵挡不住，在夜色里悄然远去，我甚至也不再想前女友的事情了——感觉上我的前女友仍然是我现女友，而且是待在那支队伍里的。

"我在地质队干过一阵子保管员。"黑暗中传出尚海涛娓娓道来的声音，"那绝对是个危险的差事，队里所有的财物都交给我保管，也就一口箱子，我提着到处走。发工资的时候还得去各小队送钱。不瞒你说，什么时候出发，走哪条路都不敢对人说……怕什么？怕走漏了消息有人埋伏在半道上杀人劫财啊，绝对一劫一个准，那荒山野岭的三不管的地界……鬼？还没说到呢，你急什么急。所以我从来都是孤身一人，单独行动。那天傍晚我到了一个地方，正好看见有人在桥底下捉了一只老鳖,我就花钱买了,去那人家里煮了下酒。也是因为有老鳖所以我多喝了点儿,就是当地人酿的那种土酒,喝得晕乎乎的我被主人带到村外的一栋大房子里去睡觉,哥儿们告诉我是他们大队部。放下油灯以后那哥儿们就走了。房子里空荡荡的,就墙角上放了一张木头床,其他就什么都没有了。好在我自带了蚊帐。放下箱子,挂上蚊帐,我并没有马上睡——这也是惯例了,而是走出门去绕着那房子转了一圈。我的装备是这样的,一只手拿把斧头,一只手拿手电筒,嘴上还横咬着一把匕首。这三样东西我是必备的,走哪我都会带上。巡视的目的也不是要发现什么,而是让坏人看见我,如果有坏人的话,看见我的斧头、匕首,他们就不敢轻举妄动了。就这么宣告一番后我就回屋睡觉了。我注意插好门闩,当地老乡带过来的油灯我也没有灭,是那种可以调节亮度的煤油灯,我将灯芯调到最短,有一点点亮光做伴,又不至于干扰到睡眠。枕头两边,一边我放了斧头,一边放了匕首,这当然也是惯例。一切弄停当之后我这才忘乎所以地睡过去了……什么,我会讲故事?哥儿们向你保证,这绝对是真事,骗你我跟你姓。你那还有烟吗?……我是被音乐声弄醒的。不是很大的音乐,隐隐约约的，似乎是音乐，当时我觉得非常奇怪，心里想也许是隔壁邻居在听半导体吧，后来反应过来这大队部离村子很远，周围并没有其他房子。我拿出压在枕头下面的手表看了一眼，时间是凌晨三点，这会儿也不会有任何电台呀。这么一想，我浑身的鸡皮疙瘩就起来了。咬了咬牙，还是爬了起来，我又去外面绕着那房子兜了一圈。当我走出房子就听不见音乐了，只有风吹山野发出的草木声，还有一些不知道是什么虫子的叫声。半个月亮已经升得很高，因为山区能见度好，照得眼前的一切历历在目，我觉得外面比屋里舒服多了。我说的舒服是一种安详或者安全的感觉，可深夜刺骨的山风还是把我逼回了屋里。没辙，我重新检查了门窗，爬进蚊帐里又睡。音乐声这时已经没有了，但我怎么也睡不着了。"

尚海涛停了下来。我心里想，鬼故事都是这样的，如果没有前面的铺垫、渲染，光是后面就一点意思也没有。任何鬼故事从鬼出现的那一刻开始都将魅力尽失，不就是个鬼吗，和人也差不了太多。尚海涛显然在拖延那个时刻的到来。

我没有催促他，又咬开了两瓶啤酒，将其中一瓶啤酒推了过去。尚海涛咕咚咕咚喝了有半瓶。鬼真的来了。

"一条黑影从门缝里进来，"他说，"当然隔着蚊帐我并看不见，但感觉到了。影子是向着床的方向过来的，终于映在了蚊帐上，从蚊帐下方渐渐向上升起，在煤油灯光线的照射下显出一个完整的人形。肯定不是人，不是实体，因为人走路有声音，而那影子悄无声息，只是在移动。我他妈的吓坏了，等待着蚊帐被撩起来的一瞬间。当然，因为不是人，不会有撩蚊帐的动作，它只是进来了，从蚊帐的外面进到了蚊帐里面，进到了里面仍然是一个影子，但映在蚊帐上的影子和蚊帐里面的影子是不一样的影子……是，是，是他妈的一张黑脸！就像有人撩开了蚊帐门探进来一张黑脸，虽然没有人撩蚊帐……你明白吗？"

我不明白，但嘴上说"我明白了"。尚海涛也放弃了对鬼的描绘，显然他已经进入了死胡同——虽说他的描述已经相当精彩，尽力了。尚海涛开始说自己的反应。

"我想爬起来，可怎么也动弹不了，最后拼命一挣，摸到了枕头边的匕首。又一挣，将那匕首刺了过去，也不知道刺着了没有。当然了，鬼这玩意儿刺着没刺着是一样的，总之起到了效果，那张黑脸缩了回去，影子又到了蚊帐外面，降到了蚊帐下方，离开了。我能感觉到那鬼已经出去了，出了那栋房子……你知道我被吓到什么程度？我，我他妈的遗精了，精液都他妈的被吓了出来。鬼影子消失以后，我的身体又能活动自如，顺手一摸，短裤里湿滑一片，哥儿们！"

"完了？"

"完了。"

我真是服了尚海涛，他的鬼故事一时让我真伪莫辨。通篇都是小说手法，讲故事人的套路，甚至可以说漏洞百出，但最后这个细节却是虚构不出来的。难道尚海涛真的见过鬼？

我正在疑惑，啪嗒一声，尚海涛拉亮了房间里的灯。我连忙将脸转向背光处，眼睛适应后再转回来，看见他正在扒拉自己的蚊帐。尚海涛一面扒拉他的蚊帐一面说："这蚊帐就是我当年在地质队时用的蚊帐……"的确，蚊帐已经很破旧，脏不拉几的，还隐隐有些泛红，大约是和别的衣物混洗的结果。尚海涛上下寻觅，然后在一个地方停住了。"你过来看看，"他说，"当时我刺鬼的刀口还在。"

我从我那顶簇新的一片白光般的蚊帐里出来，下了地，坐到对面尚海涛那张床的床沿上。尚海涛盘腿坐在蚊帐里的席子上,用手指捏着蚊帐门上的一块纱布,另一只手将其抻平,尽量对着灯光。"你看,你看,这口子是旧的,边上的线头都发黑了。"他说。

果然……但也许……

那蚊帐本来就脏,一个小小的陈旧的破口,也许只是一丝污渍呢?

总之当时我确定自己看见了什么,但今天一想,似乎也并不是那么回事。

7

尚海涛再次拉灭了灯,我也已经回到自己的床上。我们放下各自的蚊帐门,准备就此入睡。尚海涛似乎有些意犹未尽,黑暗中又响起他那说书人的声音,这一次是"揭秘",作为一个完整的鬼故事少不了需要自圆其说。"第二天我去村里一打听,"他说,"原来那栋房子果然是他们大队的大队部。一次队干部在里面开会,一队的生产队队长没地方坐,就坐在了一包炸药上。他在那包炸药上磕烟袋,引发了爆炸,当时老队长就被炸飞了,脸烧成了焦炭……"

这个解释让我非常失望,再次断定尚海涛是在编故事。可他遗精和蚊帐上的破口又如何理解呢？我"嗯嗯"地答应着，表示听见了，但声音越来越微弱，间隔的时间也越来越长，后来干脆不吭声了。尚海涛在无人回应的黑暗中又坚持说了很久，终于他那边也没有声音了。

寂静。

但我没有睡着，也不是因为恐惧，鬼故事完全没有起到应有的效果。我只是觉得有点怪怪的，这时闻到了一股似有若无的气味。我反应过来，是尚海涛解剖处理野兔留下来的，散得差不多了，仍有一些残留在墙缝里或者被吸附在床板下面，随着夜深人静释放了出来。突然我想到一件事，开口问尚海涛道："你去过 S 县吗？"

"去过。"尚海涛答。他同样没有睡着，就像等着我提问一样。"秦岭山区的县市包括乡下我跑遍了……"

"S 县城到大王公社之间有一条必经的公路，你走过吗？"

"走过走过，我太熟了……咦，你怎么会知道？"

"公路边经常有一个农民摆一个茶摊，你见过吗？"

"你说跛子老刘啊，他家的房子就在公路后面，他老婆是个瘫子,你说我……"

"你喝过他的茶?"

"喝过,你怎么会知道?"

"去他家里住过吗?"

"住过一次,你不说我都忘记了……"

"你没觉得有什么奇怪的地方吗?"

"奇怪的地方?我统共只住过一次。我下去一般都住大队部,要不就在生产队的公房里,住老刘家也是他们生产队离得太远,公路边上就他一家。"

这以后我就没再问了。我沉默的过程中,尚海涛一直在追问,我怎么会知道跛子老刘的。我敷衍说:"也是听人说的吧。"

"听谁说的?"尚海涛紧追不放,"尚海波吗?他知道个屁!他当知青就待在一个点上,我他妈的把秦岭的山沟沟都跑遍了,只要是能进得去的地方……"

我转移话题。"你睡觉的时候是不是总是在枕头边放上斧头、匕首,每次都这样?"

"是啊,习惯成自然,每次都这样,那个鬼地方,我干的又是保管员,不放上这两样东西我睡不着觉。一边斧头,一边匕首……"

"难怪。"我说,"你真的见过鬼。"

"当然见过,我骗你干吗?没这个必要。"

之后我真的不再说话。尚海涛仍然在絮叨。他的声音越来越模糊。我终于睡着了,并且梦见了一片宝石般纯净的圣湖。